螺旋之底

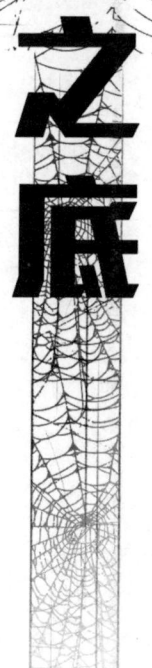

〔日〕深木章子 著

谢鹰 译

台海出版社

◇ 千本櫻文庫 ◇

文库，原本是指收纳书物的仓库和书库，也指收纳书与记事簿，以及不常用物品的小箱子。以前者为例，京浜急行线的"金泽文库站"就是以前镰仓时代北条氏用来收藏汉书用的，"金泽文库"名字的由来便是如此。东京都的世田谷区也存在着收集着珍贵汉书的"静嘉堂文库"。后者则更多地被称为"手文库"。

江户时代以来，可以放入袖袂的小开本书籍逐渐流行起来，被称为"袖珍本"。明治三十六年（1903年），富山房发行了小开本的丛书，起名"袖珍名著文库"。随后，明治四十四年（1911年），讲述战国时代的猿飞佐助和雾隐才藏系列故事的讲谈社"立川文库"发行出版。讲谈是日本民间艺术，以口语化的方式讲述历史故事的形式。而"立川文库"则是将讲谈收录成册集中出版的丛书，据统计，当时刊行量为200册左右。从那时起，文库就脱离了原本的释意，逐渐演变成了现在的类书集丛。

文库说法借鉴了日本出版业界的传统说法。而千本樱源自日本奈良县吉野山樱花盛开的奇景，世人皆称"一目千本樱"来形容樱花美景。千本樱文库的纳入作品皆为日系作品，题材包括推理、悬疑、幻想、青春、文化等类型，正如千本樱满山盛开的绝景。

现代日本，以"文库"命名刊行的丛书系列有200种以上，所谓"文库本"只不过是统称而已。日本传统的"文库本"常用的是A6尺寸的148mm×105mm，也叫"A6判"。千本樱文库的所有书籍将在"文库本"的基础上提升，达到148mm×210mm的开本标准。追求还原的前提下，力图带给读者更清晰的阅读体验。

从20世纪70年代以来，日系推理小说逐步进入中国读者的视野。随着时代更替，涌现出一大批不同风格的作家。日系推理能够长久不衰的原因之一在于设立的各种奖项，这些奖项能为日本文坛输送新鲜血液，不断地创作优秀作品。"本格推理小说大奖"由十七位热爱本格推理小说的作家发起，他们于2001年11月正式成立本格推理作家俱乐部，同年开始举办本格推理小说大奖，由会员票选出同年出版的本格推理小说第一名。获得此奖的重要作品有《美浓牛》《如水魑沉没之物》等。

2010年，深木章子凭借《鬼畜之家》荣获"第三届蔷薇之城福山推理小说新人奖"。2013年出版了第二部小说《衣更月家的一族》，翌年推出第三部小说《螺旋之底》，连续两年入选"本格推理小说大奖"的候补作品。本故事发生在20世纪法国，作者以丰富的笔墨渲染出古堡的神秘气氛，代入感极强。此外，作者还采用了不同视角的双线叙述，正如"螺旋楼梯"那般圈圈绕绕，在不知不觉中将读者带入陷阱。最后折服于那精密计算过一般的结构和手法，让你想读第二遍！即使是熟悉叙述诡计的本格推理迷们，不读到最后也很难发现真相。

千本樱文库编辑部

◇作家 WRITER

鲇川哲也奖作家系列

◇ 相泽沙呼
◇ 城平京
◇ 芦边拓
◇ 柄刀一

梅菲斯特奖作家系列

◇ 天祢凉
◇ 西尾维新
◇ 井上真伪
◇ 殊能将之
◇ 木元哉多
◇ 北山猛邦

其他作家系列

◇ 深木章子
◇ 三津田信三
◇ 乙一
◇ 仓知淳
◇ 横关大
◇ 野崎惑

目录
CONTENTS

／ 序 章 ／

一九四四年九月，一个秋阳刺眼的午后。

法国北部，拉博里村。这座宁静的村庄有两千余人，多半村民从事农耕。

有七八个人正沿着平缓的坡道，向可以俯瞰村庄中心的小山丘前进。

他们年龄在十七八岁至二十四五岁之间，全是年轻人。寒碜的打扮、晒得黑红的皮肤、象征着残酷劳动的健硕身体、沾满尘埃的双脚——无一不透露了他们是贫农的儿子，而众人激烈的喘息与杀气腾腾的表情，却在说明事态非同寻常。

被他们围在中央的，是个二十岁出头的年轻女人。男人们犹如发情的野兽，狠狠揪住女人的双臂，几乎是把她拖在地上走。

或许是因为极度的紧张与恐惧，女人直直地盯着前方，双唇紧闭，几近面无表情，但从圆润饱满的面颊、炯炯有神的大眼、丰满性感的嘴唇来看，原本这定是张娇俏的容颜。

然而，她头上并没有撩动男人情欲的柔软金发，亦没有随风飘扬的清纯棕发。怎么看都只有一片突兀的光头，把白色的头皮衬得格外醒目，与充满女人味的艳丽服装形成了惊悚而滑稽的反差。

女人穿着花纹精致的蓝色连衣裙，胸口被撕开了一大片，白色内衣若隐若现。满身的泥泞无言地诉说着迄今为止的反抗。她似乎早已声嘶力竭，即使跌跌撞撞地跪倒在地，也仍然一声不吭。

哪怕鲜血与泥土沾满了她的膝盖，男人们也毫不留情。他们只是看着她那被顺势掀起的裙摆，下流的眼神愈发明显。

山丘上建有一座灰色的宅邸，使人联想到要塞或监狱。

细细观察，能看到有几个人影正透过墙上的小玻璃窗监视着外面的情况，房屋四周却一个人影儿也没有。显然，这一行人的目的地就是那座宅邸。

可爬上山丘后，男人们并未笔直地走向那里。

宅邸前面是座宽阔的庭院，角落里有间小亭子。他们果断地走向亭子，粗鲁地把女人推了进去。

女人一个趔趄，双手才刚扶住亭子里的长椅，男人们就如雪崩般扑了上去。

"这个妓女！"

"母猪！"

他们一边叫嚣，一边把女人的衣服撕得粉碎。

单薄的棉布裙仿佛在暗示主人的命运，转眼间变得凌乱不堪。

男人们化为横行无忌的公牛，继续把手伸向她的贴身衣物。

"求你们住手吧！"

女人第一次发出了哀求。

声音如少女般纤细，然而只起到了火上浇油的作用。

"你个贱人，不是和德国士兵睡过吗？"

男人们挤满了狭窄的亭子，甚至有人迫不及待地脱起了衣服。

正在此时。

"快停下！"

尖锐的声音突然响起。

只见一个男人站在亭子前，手上握着猎枪，不知什么时候来的。从年龄和装束来看，似乎是他们的同伴。

有几个人倒是回头了，可一看见阻止的人是谁后，他们立马决定不当回事儿。

"快停下！不然我开枪了！"

男人再次吼道，同时举起了猎枪。

"你要做什么？"

"疯了吗？"

他没有理会同伴们惊慌失措的叫声，缓缓把枪口指向每一个人。

禽兽们终于开始收敛——除了亭子里两个忙着制伏女人的家伙。二人气喘吁吁，丝毫没注意到举着猎枪的男人正在靠近。

女人仰躺在地上，一人按住她的双手和脑袋，另一人则抓起她的双腿。

就在这一瞬，枪声响彻四方。

12月27日　星期三

这座螺旋楼梯从三楼的阁楼直通地下室，途经二楼、一楼和地上楼层[1]，呈顺时针悠然旋转。古老的木扶手泛着黑色的光泽，支撑楼梯的四根长铁柱暗淡无光。

阁楼的天花板不高。在尚未通电的时代，似乎有枝形吊灯悬挂在螺旋楼梯的正上方，粗实的铁钩如今仍留在那里。

螺旋的中心是直径约一米的空洞，下方深处的地板昏暗朦胧，如同暗沉沉的玻璃瓶底。地下室似乎连瓷砖都没贴。

龙鳞般的细长踏板包围了螺旋，一路旋向地底。仿佛要把人吸入阴曹地府。

我从口袋里掏出一枚法郎，扔向空洞的正中央。

微弱而清脆的响声传入耳中，比预计的慢了一拍。我拿手电照亮正下方，只见一枚法郎在阴暗的地底闪着暗淡的光芒。

无穷无尽的后悔与无处宣泄的愤怒令我深爱的母亲饱受折磨。时至今日，她仍被幽禁在这座牢笼之中——我猜情况如此。

为了追寻被毒蛇咬死的欧律狄刻，俄耳甫斯甘愿坠身地狱！

不知我能否抵达螺旋之底？

---

1 在法国，地上楼层指的是一楼，而一楼实际上是二楼，以此类推。——译者注

*

一九六七年还剩五天的时候，也就是十二月二十六日那天，我和保罗在拉博里开始了新生活，一切都仿如昨日。结婚之后，三个月飞快地过去了。

其实我们早该搬来这里的。戈拉兹德家是统治拉博里村的大地主，对于现当家保罗而言，住进戈拉兹德宅是他生来注定的命运。在拉博里生活本就是我们的结婚条件。

然而，圣诞节的巴黎真叫人难舍难分。闪烁的霓虹灯照亮大街，五彩缤纷的饰品点缀橱窗。餐厅得意扬扬地把生蚝摆在店门口。一众朋友为庆祝我们的婚姻而特意邀请了我们。

离开巴黎隐居田园，对巴黎女子似乎是种打击，何况我还这么年轻——在她们眼中，拉博里是比布鲁塞尔、伦敦更为遥远的异国他乡。

哎，还是不瞎说了。

实不相瞒，我挺害怕戈拉兹德宅的，也害怕同保罗在那儿一起生活。找借口把拉博里之行一拖再拖，这才是我们在年底搬家的真相。他也不管这一切是不是我想要的……

从巴黎坐火车到拉博里其实只需两个半小时（包括换乘时间），可保罗坚持要自驾。

"难道你信不过我的驾驶技术？"单薄的眉毛加上同样单薄的嘴唇——保罗用他那张标致冷峻的脸正对着我。

浅棕色的眼眸总是阴霾不散。

"亲爱的，我当然没这么想。只是担心你这条腿长时间驾驶会不会疲惫。一路畅通的话还好，但路上可能会堵车吧？"

保罗皱起眉头。

"疲不疲惫，试了才知道。"

其实我早就知道，保罗已开着新买的雪铁龙在巴黎与拉博里之间来回了好几次。所以这并不是问题。我害怕的，是与保罗在车上单独相处。没错，我害怕被关进轿车这种无处可逃的密室里……

但出发后，我发现道路都十分顺畅，而且保罗是个非常优秀的司机。

离开巴黎市区后，只有无边无际的田园风景映入眼帘。除开屈指可数的城市，法国其实是个偌大的乡村。虽然丰饶、健康又美丽，可是太单调了。离开才华洋溢、纵情声色的巴黎，就意味着进入了无趣的生活。

离拉博里越来越近，擦身而过的车辆简直少得可怜。与此同时，天气也变得阴郁惨淡起来，仿佛在暗示我们不祥的未来。

"到了，前面就是拉博里。看到远处教堂的尖塔了吗？那儿是村子的中心。"

保罗刚发出兴奋的声音，天空就飘起了薄雾般的细雨。

他指向村落，那里挤满了好似迷你模型的房屋。

车子继续驶向中心，可以看出这里是以教堂、车站为主的小市区。保罗即将入职的村公所似乎也在市区的一角。

不过，我们要住的宅邸并不在这儿。

“瞧，那便是戈拉兹德宅。”

保罗所指的戈拉兹德宅，是座威严庄重的灰色石屋，建在村落深处的小山丘上，看起来像在监视整个村子。

宅邸修建于三百多年前，外观好似巨大的石棺，没有任何建筑美学上的修饰，墙上凿的窗子小得不得了。威严可畏，仿佛在拒绝一切来客，比起村中权贵的住宅，它更像一座小型要塞。

话虽如此，下车后从正面看，会发现建筑的大小并不夸张。石墙远看壮观，近看其实有一部分已发黑破损了，说明这座宅邸的繁荣早已成为过去。

从今天起，戈拉兹德宅的居民终于要增加到三个人了。除开我和保罗，还有在这儿住宿的管家杜邦夫人。

这位杜邦夫人看样子不是个简单的管家。从前当家开始，戈拉兹德宅便由她管理，当家的不在的时候她也一个人守着宅邸。打下手的女佣另有他人，在她的指挥下，附近的姑娘每天都来这里干活。

唯一的男丁是雇工让－路易，他也不是简单的男佣。保罗缺席期间，他被任命为戈拉兹德家的财务，可以说兼任了秘书的角色。

当天在宅邸大门迎接我们的，便是杜邦夫人、让－路易和两位年轻的女佣。

“欢迎回来，我们已恭候多时。”

杜邦夫人代表佣人表示问候。她是个体格魁梧的女强人，尽管用浓妆遮盖了素颜，可怎么看都已年近六旬。她单调乏味的声音与死气沉沉的长相配极了，足以使我郁闷的内心更添一分沉重。

让－路易则是个安静的人，用谨慎的言行藏起了自己犀利的眼神。他和保罗一般高，却拥有体力劳动者的结实身材。浅黑色的肌肤与浓密的卷发，莫名使人联想到《呼啸山庄》中的希斯克利夫。

"这位是你们新的女主人——戈拉兹德太太。她尚未习惯乡村生活，可能会提出许多要求，希望你们多多留心。"

保罗快活的声音响彻玄关，像在鼓励我似的。

我们在戈拉兹德宅的生活，就这样开始了。

*

"在闲言碎语传进你耳朵前，我还是先告诉你的好……"

吃完早餐，保罗在食堂的餐桌旁点燃烟草，故作淡定地说出了这句话。

此时，杜邦夫人正忙着指挥女佣们打扫楼上的卧室、整理床铺。让－路易今天一早就去跑外勤了。

"亲爱的，你相信幽灵和德古拉传说吗？"

丈夫的口气充满调侃，眼神却是认真的。

"不信啊。但你干吗问这个？难道这房子里有幽灵出没？"

我也尽量用天真的语气反问他。

"可惜还没有报告说真的出现过。但有传言说，幽灵、德古拉什么时候出来都不奇怪。哎，也可能事情早已在村里传开，只是我没听到而已。毕竟农村人都迷信得很。

"总之在村民眼中，这儿不仅是戈拉兹德家的住所，也是充斥着亡灵与怨念的墓穴。因此他们对这间宅邸敬而远之，除非有事儿，否则绝不靠近。尽管真相没这么简单……对民间迷信一笑而过固然容易，可迷信的出现也是有依据的。即便如此，你还敢同我在这里生活吗？"

我纳闷了。

"什么情况？我不明白你的意思。"

"也没什么，我实话实说而已。"

保罗露出了怯生生的微笑。

"也许你会惊讶，但我还是实话告诉你吧：这座宅邸的房间下面全是墓地。戈拉兹德宅的地下室埋葬着许多人的尸体，都是在这里遇害的。说得直白点，那里就是块地下墓穴。其实也没什么，地下室里出现几百年前死于严刑拷打的人类尸骨，在古堡、老宅里很正常。

"问题是，戈拉兹德宅的尸体并非很久以前的。不但如此，村里还有大批人对受害人的长相、姓名、遇害原因了如指掌。这片地下墓穴，就是在拉博里村民的提议下修建而成，为了把大家不愿想起的可怕事实永远尘封。你也看到通往地下室的楼梯被封起来了吧？这便是原因。"

*

戈拉兹德宅有间幽深的地下室，十分符合它要塞般的外观。这种设计甚至让人怀疑：以前地下或许有不可告人的武器弹药库或牢房。当然，我也是昨天才知道，通往地下室的唯一的楼梯被厚重的门扉堵住了。

昨天我刚到这儿，杜邦夫人便带着我巡视了一圈室内。起码我得记住宅邸的布局。

这里不愧是修建于大家庭时代的宅邸，房间数量不少。穿过大门便是地上层，这层包括门厅、门厅隔壁的电话室、举办舞会的客厅、一次能容纳三十人用餐的食堂，以及供佣人们待命的宽敞厨房。

家人的生活空间是紧挨着地上层的一楼，有两间大主卧和四间略小于主卧的房间。其中两间分别收纳了保罗祖父母和双亲的遗物，另一间是空屋，还有一间似乎是保罗的书房。

"这里是太太的房间。"

杜邦夫人带我进入了我的卧室兼起居室，一间朝向东方的宽敞屋子。

墙壁色彩明亮，崭新的书桌、梳妆台、生活家具被布置得恰到好处。连摆在房间深处的特大号卧床看起来都没那么大了。

听闻这里有三百多年的历史，我曾想象过古色苍然的家具和日用品，很高兴我猜错了。卧室和浴室的装潢十分现代，不亚于巴黎一流酒店的套房。

"那扇门与主人的房间相通。"

杜邦夫人指着一扇木门，就像酒店连通房的门。

走进去一瞧，才发现大小和我的房间相差无几。不过，这是间东南朝向的边角房。站在窗边，东面的拉博里村、南面的门前广场都尽收眼底，恐怕因为这里是一家之主的起居室吧。

二楼有多间客房及杜邦夫人的卧室和工作间。虽然分配的房间位于朝北的角落，却与客房档次相当，看来她这个佣人得到了破格的厚待。

顶层的三楼是间阁楼，因此天花板很矮。过去，阁楼都是女佣和男佣的卧室，现在似乎被用作储藏室。我看了一下，这里很有老房间的味道，古董家具和破烂玩意儿堆满了狭小的空间。

然而这座宅邸里，最让我感兴趣的并不是这些豪华的房间和生活用品，而是门厅正对面——贯穿宅邸中心的螺旋楼梯。它是戈拉兹德宅的象征，也是进门后最先映入眼帘的东西。

也可以把它当作垂直穿过房屋中央的巨大洞穴，而神奇的磁力暗藏其中，窥视的时候一不小心就会被吸进去。历史悠久的厚实扶手与踏板都经过了细心的擦拭，泛着黑色的光泽，营造出一种稳重感。

"楼梯就这一座，没别的了？"

这种规模的宅邸，除了主楼梯，通常还有座从厨房通往阁楼的佣人专用楼梯。然而——

"没有。"

杜邦夫人回答得很冷淡。

"哦……好奇怪的设计。"

"是吗？"

老管家战前就在侍奉戈拉兹德家，仿佛在这座宅邸扎了根一样。此刻，这位中坚骨干露出了执行官一般的冷漠表情。

"呀！这扇门上锁了呢。"

螺旋楼梯将巨大的洞穴包围，宛如一条大蛇从地下室盘绕到了三

楼，但不知为什么，从地上层通往地下室的楼梯被厚重的木门挡住了。

我转动门把手，门依然纹丝不动。

"为什么上锁？钥匙在哪儿呢？"

"不知道。"

"那要怎么去地下室？这样你也不方便吧？还是说，地下室里什么都没有？"

"我并不清楚。"

杜邦夫人像能面[1]一样面无表情。

只要她不想说，恐怕能把同样的回答重复一百年。她把几近灰色的头发绾成发髻，用浓妆盖住挂满赘肉的脸庞，这副丑陋的老态令我想起了什么，可我一时间找不到答案。

从螺旋楼梯的空洞探头望去，地下室只有灰色的地板和潮湿的空气。

*

"我也问过那扇门为什么上锁了。可杜邦夫人好像半点儿都不想告诉我。"

听到我的话，保罗点了点头。

然后，他用带着点儿自嘲的语气说道："毕竟杜邦夫人是这个家

1　能剧是日本最主要的传统戏剧。"能"是以主角演员的歌舞为中心，与伴奏之唱念及奏乐所构成的音乐剧。演员使用的面具是"能"的特征，称为"能面"。——译者注

的主人嘛。在她面前，我也是个乳臭未干的小伙子。"

我无言以对。

"重点是地下室被封锁的理由。你好歹是这个家的女主人，有了解真相的权利。如何？想听吗？"

"当然啦。"

我回答道。

"你也晓得维希时期吧？"

"嗯。"

维希时期。纳粹占领下的法国。法国"理应抹去的四年"。电影《卡萨布兰卡》描绘的年代。

准确地说，它指的是一九四○年七月至一九四四年八月期间：第二次世界大战中，德军的侵略使法国第三共和国于一九四○年七月解散，而反法西斯同盟与抵抗运动在一九四四年八月解放了巴黎。尽管事发时我还是个婴儿，可我熟悉这段史实。

当时，包括巴黎在内，法国有三分之二的国土被德国占领。维希政府在自由区建立起来，并将法国中部的小城维希定为首都，但实际上它不过是德国的傀儡政权。赞颂法西斯，追杀犹太人。一段法国身不由己的时期。

"那时候，法国各地都发起了抵抗运动。当然，拉博里也有人参与地下活动。领袖正是我的父亲格尔蒙。"

保罗俊美的脸庞皱起了眉头。

"现在人们把抵抗运动的斗士视为英雄，当时却并非如此。暗中

支持的国民反而是少数。大多数人还是惧怕镇压，比起做无谓的反抗，他们选择忘记现实。

"不过，什么也不做的人都还好。有部分人却成了盖世太保的走狗，又是搞间谍活动，又是打小报告挣分数。给德军做情人的女子、跟德军做生意的贪财败类简直数不胜数。"

"这我知道，听过不少。"

保罗哼了一声。

"越是那些什么都不做的人，后面谴责的时候他们就越嚣张。"

"那你父亲后来怎样了？"

"逮捕后被枪决了，那是一九四三年的事儿。"

"好惨！"

这是我发自内心的感叹。

此前，保罗从未跟我说过他父亲的死因。

"是啊。而且不止我父亲呢。因为村民的通风报信，一共有七个人牺牲了。其中还有父亲的弟弟，也就是我叔叔。"

保罗依然阴沉着脸，却隐约可见满足的神色，也许是我的反应没有辜负他的期望。

"告密者叫拉克鲁瓦，在拉博里开了客栈和餐馆。他是假装成爱国者的内奸。有个傻伙计把他的店设为接头地点，结果引来杀身之祸。"

"那个叫拉克鲁瓦的真的告密了？"

"嗯。解放后，他的职工坦白了一切。那是父亲他们被处刑一年后。当时，百姓开始反抗压迫他们已久的维希政府，整个法国都掀起了对内奸的大规模肃清。先前神气十足的家伙，这下突然得四处躲藏。还接连出现了被剃成光头的姑娘，就因为她们跟德国士兵有来往。太惨了。"

恐怕每个法国人都见过年轻女性被公开剃头的照片吧。

"那个拉克鲁瓦最后怎样？"

"当时戈拉兹德家的当家人是我父亲的父亲，也就是我爷爷。到爷爷那一辈时，戈拉兹德家也没落了不少，收入比全盛时期的一半还少，但在拉博里村的威信依然牢不可摧。爷爷一声令下，就能调动大批村民。

"得知谁是出卖儿子的犯人后，爷爷立刻率领手下的村民闯进了拉克鲁瓦的家。接着把他们一家抓来了这儿。爷爷不信任对儿子等人见死不救的官员。担心即使他们通过正常手续逮捕拉克鲁瓦，最后也会因为证据不足或贿赂而放过他。"

这时保罗停了下来，而我用眼神催促他继续说下去。

"拉克鲁瓦家有他们夫妻俩和儿子一家人。包括三个年幼的孩子在内，合计七人。数量和他告密害死的枪决人数刚好一样。他们被赶进这间地下室，全被枪毙了，一个不留。"

"连无辜的孩子也没放过？太残忍了吧。"

"的确。"

保罗点点头。

"如今是和平社会，谁都会这么说。可当时在这个村子里，要是只给那些孩子留活路，你觉得结果会怎样？因拉克鲁瓦而死的人里面，

有三个十几岁的少年。他们死前还经历了严刑的拷问。

"不光是死了两个儿子的爷爷，全村人都恨给盖世太保当走狗、中饱私囊的那一家人。就算孩子们幸免于难，也不可能在这个村里过得幸福。你敢肯定，他们长大后不会向杀害亲人的人复仇？"

"或许你说的没错，但是……"

"而且，村民们的复仇不止于此。起初大家还听从爷爷的命令，可陷入兴奋情绪后，他们的行为逐渐失控。哪怕没有确凿的证据，被视为内奸的人也被相继肃清。他们没有走任何程序。结果，死亡人数竟高达二十人。"

"不过，那时的尸体没有一直扔在地下室吧？"

面对我的提问，保罗的嘴角微微抽搐。

"怎么可能！对死者不会如此过分啦。如果真这么做，尸体腐烂后就完蛋了。"

感觉他的语气中夹着一丝愉悦。

"可这终归算私刑。即便战后再怎么混乱，法律上也不会容许。警察和官员先前都睁一只眼闭一只眼，可要是公然出现这么多尸体，他们就必须正视问题了。因此，村民把尸体埋进了这间地下室，用木材制作临时的棺材，再添上木墓碑，把每具尸体安置得妥妥当当。这便是地下墓穴的由来。话虽如此，他们也不可能在里面挖地埋棺，于是就把水泥倒进了棺材，即用水泥埋尸。

"这儿的地下室，本是用来贮藏小麦的仓库。我的祖先机智聪明，储藏小麦与其说是为了应对非常时期，更像出于一种等待升值的投机心理。所以它比一般的地下室要深得多，也没有铺像样的地板。到了后来，好像多被用于存放食品和燃料。

"事件发生后，爷爷用门堵住了通往地下的楼梯，不仅上了锁，还把钥匙给扔了。从此以后，地下室一直被封锁着，不让任何人进去。"

"你是说，这种状态持续了近二十五年？没一个人当回事儿？"

"我猜是的。别说那些直接参与屠杀的人了，连警察和官员都对此事绝口不提。心知肚明却不闻不问，这等于他们也在悄悄支持杀戮。时间越久，共犯的感觉就越发强烈。

"本来，大半村民多少都受惠于戈拉兹德家。毕竟历代当家为村子做出了巨大的贡献。死者的亲戚也不愿举报惹麻烦。大家反倒害怕扯上关系，而今谁都不肯踏进这间屋子。这就是世态人情啊。"

我不知该做何反应，便随口问道："那邀请客人来戈拉兹德宅的时候呢？"

保罗似乎有些为难，轻轻地笑了。

"戈拉兹德宅从不招待客人。什么聚会、晚宴、茶会都没办过。"

"这么说，戈拉兹德家的人都不参与社交？"

作为村中名流，这实在让人难以置信。

"怎么会！"

保罗放声大笑。

"当然要社交啊。我现在也算拉博里的头号名人，今后咱们夫妻俩应该有许多受邀的机会。咱们虽不会招待客人，但对方不可能无视咱们。我保证你将在拉博里的社交界大受欢迎。"

然而此时，保罗的神色忽然严肃了起来。

"不过，亲爱的。你跟这个村子的复仇惨剧毫无关系。就算你觉得在这间不吉利的房子里住不下去，我也没权利责备你。如何？你还敢住在这里吗？"

他凝视着我。

"当然喽。我是你的妻子，不管天涯海角，你的家就是我的家。我不相信幽灵，也不相信德古拉，完全不会放在心上。"

事实上，正如欧洲各地都有地下墓穴的存在，自古以来，人类就习惯把生者的生活构建在死者的遗骸上。人们在教堂里欢声笑语地接受洗礼、举办婚礼，可那里其实是片神圣的墓地。

"我就知道你会这么说。"

保罗露出了微笑。

从笑脸上可以看出，他是打心底松了口气。

"只是亲爱的，你应该更早向我坦白才是，起码在我们离开巴黎前。不是吗？"

我轻轻瞪着他。

"对不起！你说得对。但恳请你理解。我不希望你对拉博里的生活产生一丝犹疑。我需要你，如果没有你，我绝无法从那种状态中振作起来。"

我回以微笑。

"亲爱的，我当然理解。"

*

早餐过后，保罗出门去了村公所。好像是要跟村长马蒂厄先生打声招呼，告诉他自己已经到了。

都说戈拉兹德是拉博里最有名的家族，可只有在亲眼看到这座宅邸的威容后，我才知道那些评论千真万确。

从卧室的窗户向下望去，我看到了保罗的背影，优质大衣套在修长的身体上，他微微拖着脚走下坡道。

在这里，可以一眼望见拉博里村的主要建筑物。几乎遍地都是平房，在清一色的带阁楼的单层房中，唯独教堂的尖塔突兀地伸向天空。

我猛地推开玻璃窗，刺骨的寒风灌了进来。

窗户这么小，应该无法从外面窥见室内的样子吧。戈拉兹德家的祖先虽不是一城之主，却把自己关在这石头砌成的要塞中，还在地下仓库贮藏了大量小麦。在这座宅邸里，他们想了些什么，又做了些什么？

冬风吹个不停，轻轻摇晃树林。

万万没想到，我会从保罗口中听说这座宅子里有片地下墓穴。粗糙的木箱中放着被水泥填埋的遗体，以及他们无声的怨念——我要找的东西，究竟在不在里面？

无论如何，现在一切才刚开始。

我深深地吁了口气。

12月29日　星期五

螺旋之底

事情发生在午餐后。

杜邦夫人刚把两人份的餐点端出食堂，安东尼娅就趁机开口了。

最近的天气一直阴沉沉的。穿过小窗的冬日阳光本就虚幻缥缈，摇曳的微弱烛光更是强调了室内的昏暗。

"保罗！我有话要问，你必须老实回答。我要在这个家里当客人当到什么时候？"

她穿着厚实的深红色连衣裙，富有光泽的棕色秀发轻柔地披在肩上。令多数男人着迷的丰满嘴唇正恼怒得发抖。

我明白该来的时刻还是来了。

"你到底有什么地方不满意，亲爱的？"

我努力用平静的语气问她。

而安东尼娅猛地探出身子，仿佛等待已久。

"这次你得说清楚。这个家的女主人是我还是杜邦夫人？"

"当然是你啊。这还用说。"

"那我问你，你心中的女主人对佣人有哪些权限？连午餐的菜单都不能自己决定，这算什么女主人？"

我轻轻地叹了口气。

今天的午餐有胡萝卜沙拉、炖小牛肉，甜点是自制的梨肉果脯。

属于法国的传统冬季家常菜。松软的小牛肉与饱满的蘑菇上，都裹着突出酸味的白酱。配菜自然也是白色的牛油饭。

这哪里不好了？

"安东尼娅！这一点儿也不像你。我求你冷静些。要是对杜邦夫人有什么要求，你应该直接告诉她，你是她的主人嘛。对不对？"

"我当然说了啊！我希望她能提前跟我商量菜单。结果，你猜那个管家怎么回答？"

"我哪知道。"

"她是这么说的："主人交给我的事情，都由我全权负责。从老爷那时候起，这屋里就没有一个人对我的做法表示不满。'

"她不承认我是主人。觉得我是个一无所知的小丫头，根本没把我放在眼里。"

"亲爱的。"这次我深深地叹了口气，"长久以来，她一直是这里的管家，所有家务都包在了她身上。因为我奶奶去世得早，母亲又身体虚弱。"

"可管家那么嚣张，你母亲没有任何怨言吗？"

"我父亲虽然很爱我母亲，可似乎并不关注家中的琐事。他把整条命都献给了自己的思想信念。母亲也为这样的丈夫感到骄傲，但父亲尚在人世的时候，她在家里就似乎孤立无援。母亲性格内向，在父亲去世后，更是对一家之主的爷爷言听计从。如果没我这个儿子，她恐怕早就离开了这个家。母亲太可怜了，只是守住自己的容身之所就已费尽心力。"

我说的是实话。

可以说，正因为她是我的母亲，才能勉强维持住戈拉兹德家女主人的身份。

安东尼娅耸了耸肩。

"我很同情你的母亲。可就算如此，也不能任由佣人越来越嚣张吧？简直不敢相信。"

我必须承认，安东尼娅的埋怨很有道理。不仅是她，大概谁都会这么想吧。

不过，前提得建立在杜邦夫人只是个单纯的佣人上。假如她不是呢？但我现在不打算跟安东尼娅解释。

我说得模棱两可。

"佣人也有佣人的尊严。在使唤的同时又不伤其尊严，这正是体现女主人本事的时候。你确实还年轻，和我母亲不同，你受过大学教育，有自己坚定的主见。让你来驾驭管家，应当是轻而易举吧。我说得对吗？"

她没有回答。

不过，这也情有可原。在繁华的巴黎自由成长的年轻女性，如今被关进穷乡僻壤的阴暗墓穴里生活，还有守墓女一般的管家监视着自己的一举一动。从小窗窥见的外界，只有稀少的树林、广袤的田野、远处零星的灰色屋顶。耳中听到的，只有教堂的报时钟声和吹拂山丘的风声。神经衰弱都不足为奇。我知道，有时安东尼娅会倚在螺旋楼梯的扶手上，出神地凝视着黑幽幽的洞穴底部。

孩提时代，我偶尔会瞒着大人骑在螺旋楼梯的扶手上玩耍。即使在大白天，阳光也照不进中间的空洞，它被常夜灯映得朦朦胧胧，越往下走就越黑暗，简直深不见底。我趴在地上悄悄往下望，从螺旋底部升起的空气冰凉而潮湿，夏天也是如此。

不过，一开始我便料到了这种情况。不如说，事情的发展全在我的计算之内。不能放过这个机会。我决定从别的角度发起进攻。

"亲爱的，我真的很感谢你愿意来拉博里。对我来说，这里是出生的故乡，可对你来说，这里跟巴黎天差地别，是个未知的世界。就算觉得不满、觉得迷茫，那也正常。"

"我只想待在你的身边。"

丈夫的低声下气似乎令安东尼娅感到满意，她露出了微笑。

那张清纯的笑脸宛如盛开的白玫瑰。

"谢谢。但你这么年轻，每天闷在家里不太好，应该多出去走走。拉博里自然比不上巴黎，可还是有时装店、餐厅、咖啡店这些。家务就交给佣人，你找点儿事情打发时间吧。"

"也是。"安东尼娅乖乖地同意了。可她话锋一转，"但是亲爱的。你有想过吗？我的朋友全在巴黎呀。大家每天都忙着工作、玩耍，哪有时间来乡下专程见我。我一个没有朋友的人，要如何享受购物、喝茶呢？"

见我越说越起劲，她大概也确定了自己的反击方式。

她一定在伺机找寻一举进攻的机会。我用手轻轻捧住她的脸颊。

"用不了多久，你也能在这里交到朋友的。住在拉博里的是人类，

又不是什么猩猩或类人猿。我也会尽量带你出门的。而且亲爱的，你可别误会，我从没想过要把你禁锢在这儿。我有阻止你去巴黎吗？"

其实，这是我为了执行计划的高等战术。

我需要安东尼娅，却不代表她得时刻待在我身边。安东尼娅或许也是一样。

结婚的动机因人而异。就算安东尼娅有什么选我为夫的理由，我也不觉得惊讶。唯独在婚姻这件事上，人不是被爱情，而是被需求所推动。

"所以，你不介意我一个人去巴黎？"

安东尼娅果然上钩了。

"其实吧，希尔薇邀请了我参加新年聚会。好像大学时代的朋友都会在她的公寓里相聚。可是你有工作吧？我在纠结要不要拒绝。"

"啊，你不用介意我。到时候回来就好。对你来说，那是很重要的社交活动吧？偶尔也需要透透气嘛。"

我主动扮演着通情达理的丈夫角色。

"那我恭敬不如从命啦。"

安东尼娅笑了。

这像极了政治会谈。

"行，问题搞定。"

我放下餐巾，站起身来。

*

我们一走出餐厅，便发现让－路易已在走廊等候多时。

野性的浅黑色皮肤，精壮结实的身体，深似黑色的卷发覆在额头上。

"主人，杜邦夫人让我去市集买东西，请问您有什么吩咐吗？"

向我请示的时候，他一直看着地面。

我不在的时候，对外联系及事务处理均由让－路易负责，其中包括领土的管理。他是佃农的儿子，也是杜邦夫人的远亲，爷爷一直对他们家关照有加。他应该还不满三十岁。虽然没接受过高等教育，但是脑袋灵光，人也靠谱。

除了文书方面的工作，他还能胜任庭院打理、简单的木工活、村中采购等杂活儿，非常好用。

"也没什么吩咐，能顺路载我一程吗？我得去道恩医生的诊所买点儿药。回来的时候不用管我，我可以慢悠悠地走。"

"知道了。我马上把车开到大门口。"

让－路易行了一礼。正当他准备离开时，安东尼娅叫住了他。

"让－路易，你要去市集吗？"

"是的，太太。"

与态度表里不一的管家不同，他对女主人始终毕恭毕敬。

"那我可以一起去吗？"

她竟打算坐男佣的破车一同去购物，这令我十分惊讶。

"噢，这就打算出去？挺好的。不过，你居然主动去市集，这吹的是什么风？"

我用逗趣的语气询问，安东尼娅则傲然地抬起了脸。

"今天的晚餐由我来做。这可以吧？还是说，我的手艺满足不了你？"

话语中充满了挑衅意味。

看样子，她真的打算向杜邦夫人宣战了。

"我没有任何不满意。太棒了。好期待今天的晚餐。"

我露出满面笑容。

"那你能等我二十分钟吗？我要换身衣服。"

安东尼娅好像完全恢复了心情。

巴黎之行轻松得到了丈夫的同意，她似乎高兴得不得了。

我仔细想了想，让－路易虽是个庸俗的乡巴佬，人却不粗鲁，说不定正适合陪她逛街。见多了圆滑精明的巴黎人，朴实无华的农村人或许反而让人踏实。

不知让－路易是如何看待这突如其来的状况的，他低着头，根本看不出表情。如果我是他，才不会答应同心血来潮的女主人来一次拘谨的外出。但是本来吧，这座宅邸的主人就缺席了很长一段时间。期间，佣人们应该过足了自由自在的生活。

安东尼娅步伐优雅地走上楼梯。等她的脚步声完全消失后，我命令让－路易："我清点了仓库的库存，木材和水泥好像不够了，你记得及时补充。今后的东西会越来越多，后院可能还要修一座新仓库。"

"我知道了。"

"另外，我们有许多在巴黎用过的工具和书籍。可储藏室不够用。也不必特意去买，你就用木材做些带盖子的木箱吧。做七八个，放在阁楼里就行。之后我会自己整理的。"

"好的。"

低沉的声音回复道。

我依然看不见他的表情。恭敬的扑克脸是佣人的铠甲，就像杜邦夫人待安东尼娅一样。

不过，我并不在意这男人心里想些什么。他的把柄握在我手里。没必要强行剥下铠甲。

　　*

米歇尔·道恩医生的诊所位于通往村庄中心的路上，得先走下山坡。

道恩家从前就在这儿营业，如今的诊所与私人住宅合为一体，是米歇尔·道恩在战后新修的现代建筑。他在这里过着优雅的独居生活。心爱的红色新雷诺就停在大门旁边，颇有炫耀之意。

下午的门诊才刚开始，就有病人捷足先登了。

"嗨，保罗。你回来啦？好久没见，别来无恙？"

似乎是听到了门口牧牛铃的响声。道恩从门诊室里探出头来，一看到我，就发出了快活的声音。

他挠了挠英年早秃的头发，透过无框眼镜把我全身上下打量了一

遍。估计是职业病吧。

"如你所见，好不到哪里去。道恩医生倒是越活越精神了呀。"

"说什么客套话。人一过三十，就逐年走下坡路了。你今天有什么事儿？哪里不舒服吗？"

道恩笑意不绝，眼神却透着疑惑。

果然在好奇我过来有什么事儿吧。

"没病。只是过来跟你打声招呼，顺便开点儿药。"

听到我的话，他理解似的点点头。

"我在给病人看病，马上就好，你能等一会儿吗？"

他用下巴指了指候诊室的沙发。

从道恩的社会地位与才智学问来看，他是拉博里为数不多的、与我旗鼓相当的人之一。

年龄比我大十来岁，不知为何一直单身。可有不少证据表明，他并不讨厌女人。就我所知，和他有过亲密关系的女人比十根手指头还多。假如他是有妇之夫，我们两对夫妻互相来往应该正合适。

候诊室里摆放着恰到好处的时髦家具。这里也是他的私人客厅，跟我最后一次过来的时候相比没什么变化。

道恩舍得花钱花心思，却从不铺张浪费。恰恰反映了他绝不会沉迷于任何事物的性格，无论是房子、车子还是女人，他都采取同样的态度。这正是我和他的决定性差别。

正如道恩所言，五分钟还没到，一个十五六岁的娇小少年便从门诊室里走了出来。这是高中生还是初中生？

他看上去像农民的孩子，寒酸的外衣包裹着脏兮兮的身体。从我跟前经过时，一股刺鼻的汗臭味儿蹿入鼻腔。

可能是因为身体不好，人看起来柔柔弱弱的，毫无生气。苍白的皮肤、纤细的手脚、鸢色的头发，微红的脸颊上长着零星的雀斑，简直像尚未进入青春期的少女。

消瘦的野兔——少年瞥了我一眼。浅鸢色的眼眸几近透明。从长相来看，内向而胆小。

候诊室里有个陌生的男人，这似乎令他不知所措。他套上污渍明显的陈旧大衣，急匆匆地准备回去。就在此时，"亨利？亨利·纳瓦尔。"

道恩从门诊室出来，叫住了少年。

"就算退了烧，药也得坚持吃四天。"

"好的，医生。"

"如果吃完了还是不舒服，记得再过来。可别拖成肺炎了。"

"明白。"

明明过了变声期，声音却高得跟小孩似的。

看来脸颊的红晕是因为发热。

纳瓦尔——我没听过这个姓氏。不过，到村公所里查一查就知道了。

"哎呀，抱歉让你久等了。下个月就要在村公所上班了吧？我都听村长说了。"

把少年送走后，道恩似乎就没打算给我看病。

他从柜子里取出两只玻璃杯，倒入白兰地，递给我一只杯子后便

坐在了沙发上。

"对。是马蒂厄先生建议的。一进新年就要开始工作了。"

"挺好的。哪怕是游手好闲，男人也该找点儿事情为社会做贡献。不管怎样，我很高兴你回到了拉博里。戈拉兹德的当家不在，这村子根本没法繁荣起来。对了，你今年多大啦?"

道恩喝完白兰地，又立刻倒了第二杯。

"我已二十五岁了。"

"哦，时间过得真快。怪不得我变老了。"

说完这句违心的话，他笑了。

"对了，恭喜你结婚了! 令内的事情我略有耳闻。据说是个超级大美人。我太想见见她了。那么，为了戈拉兹德夫妻的好运和健康干杯! "

玻璃杯碰撞出当啷的响声。

他眼中的光芒，让人不觉得这是普通的客套话。

"哪里哪里，应该为米歇尔·道恩医生的工作与健康干杯才是。要是知道拉博里也有如此优秀的医生，安东尼娅会很高兴的。"

我轻轻地碰杯，回以感谢。

我讲的也不是单纯的客套话。在这种偏僻乡村，知性潇洒的绅士还是很罕见的。

"她是头一次过乡下生活。更别说她还没习惯和死板的佣人一起过日子。今天一大早还跟我抱怨呢。"

道恩应该能理解我所说的话。

"是杜邦夫人吧？"

他意味深长地点了点头。

"没错。安东尼娅成长于普通家庭，无法理解佣人代替主妇、一手包揽家务的情况。她好像觉得管家在无视自己——"

"原来如此。何况杜邦夫人和一般的管家略有不同。再说，你过世的母亲本来就温顺，在她面前总是客客气气，甚至有些低声下气了。也难怪夫人会觉得奇怪。那你有跟夫人讲起杜邦夫人的那件事儿吗？"

道恩目不转睛地看着我。

"半个字都没提起。"

我决定老实回答。

道恩家世世代代都是医生，而他父亲是我爷爷的专职医生。作为主治医生，自然对病人的家庭了如指掌。也因为这层背景，我同米歇尔·道恩从前就相交甚厚。不过，道恩嘴中的"那件事儿"，如今在村里几乎是公开的秘密。

"不管怎样，我都是戈拉兹德的当家，杜邦夫人是佣人——这一事实是不会改变的。正因为我见过母亲有多辛苦，才不想让我太太瞎操心啊。"

"说的也是。本来夫人在村里就没有可以交心的人，要是在家还不能放松，精神会出问题的。"

"对啊。所以道恩医生的存在弥足珍贵呀。除了我，偶尔她也需要同别人轻轻松松地聊巴黎。"

听到我的恭维，道恩咧嘴一笑。

他在巴黎的大学学医。如今也时不时地出入巴黎，八成是在各地的不夜城放松身心。要聊有关巴黎的话题，确实没人比他更合适。

"夫人的老家在巴黎？"

道恩毫不掩饰自己的好奇心。

自负是这个男人的缺点之一，可就算他以花花公子自居，也不会不知分寸地向戈拉兹德的夫人出手。

"她父母在纽约，是做贸易的。安东尼娅其实是养女，在她年纪很小的时候亲生母亲就去世了，于是被没有孩子的亲戚给收养了。"

"这么说，夫人是在国外长大的？"

"不，小时候一直待在法国。父母离开法国期间，她被送进了寄宿学校。大学也是读的巴黎大学。"

"哦，才貌双全呀。"

道恩再次两眼放光。

"没错，安东尼娅是个优秀的女性。对我来说，没有比她更棒的妻子了。"

我决定不当回事儿。

这男人是个酒色之徒，偶尔也会跟不三不四的女人混在一起，但他原本喜欢知性而优雅的女性。

"可是话说回来……"

道恩嘟哝道，左手抚摸着络腮胡。

"爱玩的年轻女性居然肯来这种穷乡僻壤，而且还是那么——啊，不好意思。"

他不小心说漏了嘴，慌忙点头道歉。

"你想说她居然肯住在有问题的房子里？"我露出从容不迫的微笑，"没关系，因为是事实嘛。而且，就算没有特殊的隐情，那房子也跟要塞、监狱没什么两样。在里面长大的我也觉得不舒服。外人不愿靠近，一点都不奇怪。"

不仅是道恩，拉博里人向来如此。

他们避免与戈拉兹德宅扯上关系，可偏偏好奇心旺盛得很。连警察也怕担责任，都不敢踏进现场一步，却又常年从远处监视着山丘。

不过，我要的就是这个效果。戈拉兹德宅既没有城墙也没有护城河，但有好几层心理上的铁丝网在阻隔第三者的入侵。

"对了，保罗，你需要什么药啊？"

给我的空杯添酒后，他又给自己倒了一杯。

要不是酒精上瘾，他的行医本领应该更加靠谱的。

"安眠药。我晚上老睡不着——"

"这样啊。那给你开点儿相对安全的药片吧。你也知道，安眠药弄错一片都很危险。"

"如果可以，能给我开注射液吗？而且要药效长的。"

道恩凝视着我，变回了医生的表情。

"失眠有这么严重？"

"是呀。我一读书或思考，脑袋就会清醒，没有药便睡不着觉。巴黎的医生给我开了一种特殊的安眠药，我都是自己注射的。可最近效果却越来越弱了。"

"感觉很可疑啊。"

"我理解。可整晚整晚的失眠，第二天身体吃不消啊。一天迷迷糊糊的，脑袋根本转不动。"

我无奈地摇摇头。

"巴黎的医生给你开了什么药？"

我说出药品名称后，道恩点了点头。

"那你这次试试别的药吧。我觉得这个肯定管用。不过，一定要严格按照用量和用法。虽然我挺放心你的，但药说到底是毒啊。"

"当然，我很明白。"

事情轻松谈拢。

十分钟后，我郑重地行了一礼，离开了道恩的诊所。

门口的牧牛铃丁零当啷。

收获超乎我的想象。

1月1日　星期一

我和保罗在村长马蒂厄夫妇家迎来了一九六八年。

马蒂厄先生在拉博里村当了三十年村长,似乎出生于富裕家庭(虽然比不上戈拉兹德家)。而马蒂厄夫妇每年举办的跨年聚会,是拉博里社交界——前提是能这么说——的主要活动之一,我也借此机会正式加入了社交圈。

昨天傍晚,我忙着为晚宴做准备,根本静不下心来。

"亲爱的,我好担心啊。你看,拉博里的大人物都会齐聚一堂吧?我完全不懂这种场合要怎么做才合适。"

听到我的诉苦,保罗直接笑了出来。

"你没把这里当成巴黎吧?拉博里没有你想象中的社交界,只是村中权贵的聚会而已。"

"就算如此,所有的出席者还是会对我品头论足呀,都等着看戈拉兹德家娶了个什么样的媳妇呢。要是让我和你分开坐,我该跟隔壁的人说什么才好?"

"你年轻而美丽,这样大伙儿就很满意了。你只管微笑就好。"

被他这么说,感觉还不赖。

然而,像村长夫妇那样的长辈,对服装的喜好肯定也很保守,于是保罗帮我挑选衣服。

"这件还是别了吧。你会抢尽风头的。"

我刚拿出珍藏的金丝织裙，保罗就笑着摇了摇头。

最后，他选中了中规中矩的苔绿色长裙。真不愧是保罗，从结果来说，这个选择好像没错。我似乎成功扮演了一位不谙世事的年轻妻子。

马蒂厄宅位于村子的尽头，从村公所往南走十分钟就到了。庄重的宅邸很符合村长的身份，四周的宽阔庭院打理得干净、整洁。尽管谈不上讲究，但素净的内装与家具足以使人感受到马蒂厄家的财力。

除了我们，受邀的还有退休的前中学校长雷诺夫妇、邮政局局长戈达尔夫妇、经营食品店的德尔博斯夫妇及戈拉兹德家的主治医生——道恩医生。保罗说得对，这跟巴黎的社交界相去甚远。除了我，没有一个年轻女人。

这群面孔虽然没有什么吸引力，可我不能忘记他们是宝贵的信息源。重要的是，得让所有人对我产生好感。必须牢记在心。

"嗨，戈拉兹德夫人！欢迎来到拉博里。咱们特别欢迎年轻妇女的加入。聚会上全是老年人，气氛热烈不起来呀。"

马蒂厄夫妇在宽敞的门廊迎接我们。

马蒂厄先生有着一张红扑扑的脸蛋和一头白发，是位体态文雅的绅士，嗓音浑厚。胖乎乎的大手完全包住了我的手。可谓典型的法国乡村绅士吧。

"哇，好漂亮的裙子。年轻人穿什么都合适，真叫人羡慕。不过，腰围这么小，估计我三十年前也穿不下。话说回来，你还喜欢拉博里

吗？这么偏僻的地方，有让你大吃一惊吗？"

言行夸张的马蒂厄夫人跟丈夫一样，是个体型庞大的老妇人。她把白丝斑驳的头发扎了起来，沉重的身躯包裹在古旧的黑色连衣裙里。

光是听她滔滔不绝的开场，我的心情就十分沉重。从前我就特别害怕这类聊天。实际上，拉博里比我想象中的更为偏僻，而马蒂厄夫人苗条的样子，就算放到五十年前我也想象不出来。

就在我不知作何回应时，"夫人，您一定要教教她如何在拉博里寻乐。"保罗从一旁出手相助，"如果她因为无聊而提出要回巴黎，那我可就为难了。"

他那张端正如演员的脸庞露出了知性的微笑。

恐怕谁都会被其言谈所蒙骗吧。

"那就麻烦您了。"

我努力装出亲切的样子伸出了手。

雷诺夫妇是对矮小瘦削的老夫妻，与牛高马大的马蒂厄夫妇形成了对比。戴着高度近视眼镜、长着络腮胡的丈夫一脸穷酸相，依偎在身旁的妻子则像蔫掉的堇菜。唯有开口时的咳嗽声，勉强留住了前教育者的威严。

戈达尔夫妇与德尔博斯夫妇看上去才四十来岁，都是些掌握了一定钱权的人，浑身洋溢着这一类人群所特有的自信，在餐桌上掌握话语主导权的也是他们。

戈达尔先生长得像香颂歌手夏尔·阿兹纳武尔，而德尔博斯先生则神似演员尚·嘉宾。二者的相同之处是那长长的人中。

男性阵容倒还好，可浓妆艳抹的夫人们对新来的年轻女性露出了明显的戒备表情。她们都涂着深棕色的眼影，沉重的耳环在耳垂上摇晃，仿佛事先商量好了似的。德尔博斯夫人穿着胸口大开的银灰色长裙。戈达尔夫人也一样，大冬天的还穿着金丝半袖衫，两条粗壮的手臂露在外面，像极了老后发福的女演员碧姬·芭铎——我不指望能与她们进行什么有意义的交流。

到头来，有点儿用处的只有道恩医生，他是来客中唯一的单身汉，用餐时也不怎么说话，默默地喝了一杯又一杯红酒。那挖苦而知性的容貌，令我莫名地想到了萨姆森。

当然我已经做好了冒险的心理准备。不入虎穴，焉得虎子。要是什么都不做，那我跑来拉博里还有何意义。

*

"今年又到了奥运年。虽然办夏奥会的墨西哥远了点儿，但是冬奥会在法国呢。大家会去格勒诺布尔吗？"

全员就座，刚喝完祝贺新年的香槟，戈达尔先生便伺机开口了。

他看了看左右两侧。

餐桌的座位是事先排好的。我夹在雷诺先生与坐上席的主人马蒂厄先生之间。保罗的座位在我对面，坐在马蒂厄夫人与戈达尔夫人中间。我们受到了真真正正的主宾待遇。

"哎，那种活动只能在电视上看。就算去了赛场，除了冷还是冷，因为看不清选手。"

雷诺回答前先咳了一声。

"不光住宿贵，也很难买到想看的门票。"

德尔博斯先生补充道。

话题始终不痛不痒，丝毫没触及那起车祸和保罗后来的病情。唉，这也难怪。

"可电视和现场还是完全不同的，特别是让－克劳德·基利。珍妮，你难道不想看看吗？"

德尔博斯夫人没理会丈夫，直接向戈达尔夫人搭话。

"当然想看呀。不管怎样，他将是第一个高山滑雪项目三连冠的法国人。这样的机会千载难逢，就算买不到门票，光是感受现场的气氛也挺有意义了吧？但吉尔这个人啊，无论我如何劝说，他都没这个打算。"

戈达尔夫人逮住了机会，说得特别起劲。还瞥了坐在远处的丈夫一眼。

戈达尔先生抛出这个话题，似乎是想得到男士们的应和。没想到妻子却发起了反攻，他只得把话题往保罗身上引："戈拉兹德先生怎么想呀？用奥运会来代替蜜月旅行不是挺好的吗？"

"不，我俩都不擅长运动。尤其在这种寒冷时节，比起四处走动，我们更爱在家度过。"

保罗回答得非常谨慎。

半晌都没人吭声。

莫名尴尬的气氛，大概所有人都想起了保罗的腿吧。即使平时走路不碍事，走雪路还是相当困难的。

道恩医生突然发出了快活的声音，仿佛要赶走这股尴尬："基利真能拿到三连冠吗？"

他看起来只晓得喝酒，其实意外地会察言观色。

"当然了。澳大利亚人做得到的事，法国人肯定做得到啊。"

马蒂厄先生赶紧接话道。

"是叫托尼·塞勒吧？不过，高山项目要是有一处失误，就会没命啊。"

"没错，有实力的人不一定获胜。这点挺恐怖的。"

"哎，基利跟其他人不同。一定能夺冠。咱们可以赌一把。"

趁此机会，餐桌上又热闹了起来。

"而且，基利比塞勒更性感。"

"真是的，说性感干吗。"

"不说性不性感，反正他是个天才的滑雪运动员，这毫无疑问吧？"

大家一直聊着无关紧要的话题，可马蒂厄夫人的一句无心之言却彻底改变了餐桌上的气氛。

"说起奥运会，杰奎琳·皮尔斯真的好可惜啊。要是一九四四年的伦敦奥运会没有停办，说不定拉博里的第一位奖牌获得者就出现了。"

这么一说，我想起第二次世界大战期间奥运会停办的事儿了。我好像在哪听过杰奎琳·皮尔斯的名字，却是头一次知道她出生在拉博

里。她嫁给了帕德里克·皮尔斯，此人是法国的代表性田径选手，也是代表性运动员。大众曾期盼夫妻二人共同夺金。在当年，估计是法国家喻户晓的著名选手吧。

保罗没有说谎。我们俩对体育没什么兴趣。

"因为一九四四年是战火最激烈的时候嘛，杰奎琳运气太差了。"谈起往事，马蒂厄先生非常感慨。

"那一年，科尔蒂纳丹佩佐的冬奥会也取消了。唉，也是没办法。"戈达尔先生接着说道。

科尔蒂纳丹佩佐是位于意大利北部的山间避暑地。听说阿尔卑斯的景色优美，可我没去过。我这才知道一九四四年，冬奥会本要在科尔蒂纳丹佩佐举办的。

"一九四四年真的发生了好多不愉快的事情啊。"此前沉默寡言的雷诺夫人插嘴道，"战争时期，德军甚至杀到这种小村庄里恣意妄为。好不容易赶走了德国佬，法国人又开始自相残杀了……和平的拉博里，竟发生过那么血腥的事件。"

这是一种孤寡老人特有的语气，听着像唱歌一样。空气瞬间凝固了。

意味深长的眼神与无声的警告。它们避开了我和保罗，像无线电波一样在空中飞来飞去。

我想起刚到拉博里时，从保罗那儿听说的肃清事件。牺牲者们被当成可憎的内奸，如今依然被水泥埋在戈拉兹德宅邸的地下。村民则假装从未发生过这样的事。

保罗仍保持着礼貌的微笑，可内心做何感想呢？我这下理解了，他为何要赶在闲言碎语传入妻子耳中之前把那件事情告诉我。

"伊冯娜！"

雷诺小声制止，但似乎没传入夫人耳中。

"对了，杰奎琳·皮尔斯现在在做什么呢？"

雷诺夫人的自言自语，被德尔博斯先生的大嗓门给盖住了。

"听说和帕德里克在美国当教练。"

戈达尔先生回答得小心翼翼。

"不打算回法国了？"

"毕竟夫妻俩都取得了优异的成绩，八成能当上田径联合会的会员。"

"不过，就算现在回来，体育界也被某些大人物给控制了。哪怕过去取得再多的成绩，没有政治实力也是白搭。"

大家七嘴八舌地讨论着。

"不，杰奎琳就算回到法国，也不会回拉博里。我听说，她对出生的故乡没什么好感。"

戈达尔先生最后下了结论。

可就在这时候，德尔博斯夫人疑惑道："果然是因为那起事件吧？"

"是啊，杰奎琳的弟弟……"

雷诺夫人再次开口。

马蒂厄夫妇的表情变得有点儿阴沉，看来不是什么愉快的话题。

"杰奎琳·皮尔斯的弟弟怎么了？"

我装作天真无知的样子，询问身旁的雷诺先生。

"唉，有时就是会发生些不幸的事情，不光在拉博里，在哪里都一样。不愉快的事情最好早点儿忘记。"

雷诺先生板着脸，但夫人似乎没听见他的回复。

"说起来，当时拉博里闹得也挺厉害的。感觉就像发生在昨天。"

雷诺夫人"唱"道，眼睛没有看向任何一个人。恐怕很长时间以来，她在家里和社交圈都是这么做的。

男人们假装没有听到，把红酒一饮而尽，而戈达尔夫人在跟保罗说话。她醉得很快，手亲热地搭在保罗肩上。只见保罗一脸为难。

而道恩医生在对面盯着他们，脸上露出一丝冷笑。

这就是拉博里的社交界。我要好好记住。

*

趁着餐后上白兰地和雪茄的时候，众人从餐厅转移到了客厅。

与巴黎的公寓相比，这里的客厅宽敞得难以想象。到处摆放着舒适的沙发，大家待在自己喜欢的地方，三两成群。

"你和保罗在哪儿认识的？"

室内的暖气有点儿热过头了。我站在窗边吹风时，道恩医生走了过来。

看来他在等我落单的时刻。我自然求之不得。精致的山羊胡、银框眼镜下狡黠的眼神，都给人以大城市的印象。这么一位绅士打扮的单身汉，应该不愁没女人。

"我以前是心理医生。本打算找家医院入职的，刚好先生的律师要给他找一位专属医师。我就去应聘，然后就被录用了。"

"原来如此。"

道恩医生点点头。

"这下解开了一道谜题。因为我一直好奇保罗是如何摆脱车祸后的绝境的。原来是遇到了一位迷人的医师，才恢复得这么快。"

我有意维持住脸上僵硬的表情。

我可不想被人当作靠美色来笼络患者的女人。

"克服身心创伤，没有一般人想的那么容易。我先生表面看上去精力充沛，可现在的状态也不算完全康复，还需要小心护理。"

我说的是实话。

然而，这位医生究竟了解多少呢？

"你说得对。但他都跟你结婚了，应该没什么好担心的吧？说到身心护理，还有哪种疗法比新婚妻子更有效？"

可说完陈腐的客套话后，道恩医生的表情突然严肃了起来。

"保罗走路拖着腿呢。本人好像在尽力隐瞒……那也是车祸的后遗症吧？"

他忽然就直击核心。

"对。好像是一场很严重的车祸，副驾驶座上的前妻当场死亡。听说上半身惨不忍睹，脖子都差点儿断了。我先生能保住性命，简直是个奇迹。"

为了不暴露激动的情绪，我用词小心翼翼。

"道恩医生知道那起车祸的原因吗？"

"嗯。车祸之后，我在巴黎的医院见过保罗一面。"

道恩医生点了点头。

"保罗性格谨慎，不可能胡乱驾驶。但和靠右行驶的地区不同，英国是靠左行驶的。恐怕这就是造成失误的原因吧。"

这次轮到我点头了。

"听保罗说，他在林间的机动车道上开车时，有兔子还是松鼠突然冲了出来。他急着想要躲开，可车速太快，来不及转方向盘，于是车子猛地撞向了道路左侧的大树。

"这种情况下，司机往往会立刻护住自己的身体。这不是出于理性，而是出于动物的本能，因此也无可奈何。结果右侧的副驾驶座被撞烂，同乘的夫人当场身亡，只有左侧驾驶席上的他得救了。"

"如此说来，我丈夫出车祸，不是因为回避越过中心线的对面车辆喽？"我刚问出口，"噢？保罗这么跟你说的？"道恩医生忧虑地皱起了眉头。

"若是如此，那他一直在为死去的夫人自责啊。他可能觉得死的应该是自己，妻子却代替自己牺牲了。难怪会出现精神问题。为了逃避这种痛苦，他逐渐把那起车祸当成了一种不可抗力？他不愿承认就因为一只兔子或松鼠，自己出现了驾驶失误。可如果是对面的车辆突然冲了过来，那大部分就错在对方了。应该是一种自我暗示吧。

"但戈拉兹德夫人，仔细一想，这就是心理治疗的专业领域吧。

我犯糊涂了。门外汉不该多管闲事。"

医生态度夸张地向我道歉。

"没有，我觉得你说得对。"我表示了赞同，"自己没有受致命伤——这令我先生产生了深深的罪恶感。其实，他心理的创伤比身体的创伤更严重。随着身体的痊愈，内心的伤痕却越来越深。这种情况不仅限于我先生，在那些遭遇严重事故、只有自己幸存下来的人里面很常见。"

道恩医生似乎对我的反应很满意，深深地点了点头。

我试着深入话题。

"可是，现场没有目击者吧？"

"我也不太清楚，好像没有。因为报警者是事后偶然路过现场的客车司机。"

"车祸好像发生在伦敦的郊外吧？我先生被直接送进了医院，那夫人的遗体是怎么处理的呢？"

我小心翼翼地推进对话，应该不用担心被怀疑吧。

"很不幸，车祸发生在保罗与夫人去伦敦单独游玩的时候。他自己开车，乘船渡过了多佛尔海峡，所以两人在当地没有一个熟人。而且遗体的状态相当可怕，只得在英国火化后，再把骨灰带回法国。

"与有许多天主教徒的法国不同，火葬在英国已经普及开来。英格兰教会从前就比梵蒂冈先进。不过，去世的夫人是天主教徒。她不仅死于非命，连肉体也要被烧毁，实在太惨了。可遗憾的是，死者没有发言权。"

他像个科学家一样，说得云淡风轻。

看样子，道恩医生对前戈拉兹德夫人没什么特别的想法。

"好可怜……她是个什么样的人？"

我是想说得淡然自若点，可会不会表现得太明显了？

"哦，你果然很好奇？"

道恩医生警惕了起来。

他的好奇心被洒脱豪爽的外表掩藏得严严实实，而此刻却暴露无遗。

"戈拉兹德夫人，你不必担心。现在的保罗被你迷得神魂颠倒。我可以保证，只是……"

在他视线的前方，坐在长沙发上的保罗正被两只母猫夹在中间。

"与其好奇已经过去的事儿，你还是担心一下现在的危机吧？"

德尔博斯夫人庞大的身躯挤扁了保罗的肩膀，就算他想往旁边挪动，另一边也紧贴着戈达尔夫人的膝盖。

光是远远看着，就有一股脂粉的香气蹿入鼻腔。可保罗只是礼貌地回应着娇声滴滴的夫人们。

我又环视了一圈客厅。

在角落的沙发上，雷诺先生正与马蒂厄夫人进行秘密谈话。两人面对面，表情严肃地窃窃私语着。

戈达尔先生和德尔博斯先生似乎并不在意老婆们的谄媚姿态，也许每次都是这样吧。再加上马蒂厄先生，这三人叼着雪茄，围着圆桌发出阵阵豪爽的笑声。

落单的雷诺夫人独自坐在沙发上，刚才就在迷迷糊糊地打盹了。

"正统派帅哥——戈拉兹德先生已回归战线，看来我要退居二线了。不过，这正合我的心意。"道恩医生咧嘴一笑，"怎么样？下次来我诊所细聊事情的后续吧？关于巴黎，我也有许多想问你的。"

他的笑容意味深长。

*

保罗在英国发生了惨重的车祸，不仅同乘的第一任妻子去世，他自己的身心也受到了严重的伤害，这些都是事实。他绝没有装病。

然而，他身体的创伤和心灵的创伤，究竟哪个更严重？真相只有本人才清楚。结束了手术、复检、服药等物理治疗，车祸的后遗症也大体稳定下来后，保罗的精神状况仍未恢复正常。

一年前，在保罗所住的巴黎精神病院的特需病房里，我第一次见到了他。我被介绍为年轻有为的心理医生，介绍人则是保罗的朋友兼律师——萨姆森·菲利普。恐怕保罗已是无暇顾及，他老实地听从了朋友的劝告。

自那天起，我便以心理医生的身份定期同保罗见面，耐心地听他倾诉，慢慢打开了他的心扉。

作为心理医生，我唯一可以肯定的是：保罗心病的原因，绝不是对亡妻的思念或罪恶感。

当时令他痛不欲生的，是无尽的悔恨与泥淖般的绝望。他在后悔自己的方向盘操作和一瞬间的驾驶失误，并对自己的身体和今后的人

生产生了绝望感。

从结果来看，保罗成功地振作了起来。一群知名精神科医生没能做到的事情，一个心理医生却做到了。至少对保罗来说，我是比任何人都要优秀的心理医生。最强有力的证据便是：在摆脱了无穷无尽的忧郁情绪后，他希望娶我为妻。

不过，还是停止自吹自擂吧。

我有过高尚的使命感，可我尽职尽责并非因为良心。我接近保罗，是有着明确的目的的。

即使我赢得了保罗的爱意与信赖，那也不是靠爱的力量，而是拜我的本事和计算所赐。

1月13日　星期六

新年到来后，天空始终阴沉沉的，天气寒冷。不过，今天早上——不对，日期已经变了，所以是昨天，星期五，我早上起来一看，发现许久不见的和煦阳光照进了窗户。

法国北部的冬季天气令人心情沉闷。最近的状态一直很抑郁。可今天我有种诸事顺利的预感。

安东尼娅似乎也一样。这段日子时常露出忧郁的表情，人也沉默了不少。

自打我开始在村公所工作后，一不小心就杂事缠身，都没时间陪她了。而拉博里还没有能同她聊天的朋友。天气糟糕时，也没法出门散步，白天只能闷在自己的房间里。面对久违的巴黎之行，她哪里是远足的心情，根本就是欣喜若狂吧。

吃完早餐——新鲜出炉的长条面包蘸黄油、手工果酱和欧蕾咖啡后，安东尼娅一脸愉快地站起身来。

"还好没有下雨。泥泞会把鞋子弄得脏兮兮的。以前走巴黎的石板路时，我压根儿没想过这回事儿。"

她的出门套装是珊瑚色布料配白色蕾丝边，与棕色的秀发十分和谐。

"明天什么时候回来？"

"晚餐前回来。要我在巴黎给你带点儿什么吗？要不要面包、蛋糕什么的？"

我们的早餐面包都是女佣每天早上从村里的面包店买来的。味道还行，但必须承认种类不多。安东尼娅总是哀叹吃不到美味的牛角包，现在应该特别期待巴黎的早餐吧。

今晚是她大学同学的聚会，她肯定会顺便在熟悉的服装店购物一番。

"不用了，亲爱的。只要你能回来，我就别无所求。对了，酒店订好了吗？"

我用大方而柔情的眼神询问道。

"我准备住希尔薇家。聚会都是在晚上开的嘛。"

希尔薇是安东尼娅的挚友，知名食品工厂老板的女儿。最近，她父亲给她买了一套巴黎八区的高级公寓。位置临近凯旋门、香榭丽舍大道的奥什大街，是这类女人的向往。估计内部装潢特别时髦。

"你会去萨姆森那儿吗？"

我若无其事地问道。

萨姆森·菲利普是我的朋友兼顾问律师，我在土地管理方面的法律手续都交给了他。他在巴黎大皇宫附近营业，是位优秀的法律工作者，可仍然单身。给我们当证婚人的也是他。

"不，没这个打算……你找萨姆森有事？"

安东尼娅一脸天真地反问道。

"没什么事儿。只是想如果你见到了他，就帮我问声好。对了，

你坐几点的火车？"

我控制住急切的心情询问道。

"八点二十分，拉博里发车。要是错过这班，上午就到不了巴黎啦。"

看来她的行程排得满满当当。

"那没多少时间了。我开车送你去车站。"

"太好了。行李好重，我把聚会穿的裙子、鞋子都带上了。"

她的语气非常自然。

"离开巴黎前给我打个电话，我明天也会去车站接你的。"

"谢谢你，亲爱的。"

安东尼娅露出了向日葵一般的笑容。

*

在村公所的大时钟正午报时前，我就溜出了办公室。离下班还有五分钟，可我也没什么重要的工作。

村公所前的广场冷冷清清。包括村长在内的所有职员都会回家吃午饭，所以下午两点前的村公所空无一人。也没有居民在临近午休的时候过来。

我坐进停在楼房后面的雪铁龙，往山丘方向驶去。大家应该以为我回家吃饭去了。然而，我没有回戈拉兹德宅，而是直接开向了田园地带。我已经告诉杜邦夫人，今天不吃午餐。

目的地其实不远。

从村公所向北前进五百米，有一所坐落在河畔的学校。虽然里面汇集了小学、初中和高中，村民却只是简单地称之为"学校"。从学校走到目的地大约要三十分钟。但是，我不想因为什么事情而错过对方。

我在田野间的机动车道上缓慢驾驶。从方才起，就没碰到一辆车子。

没过多久，便出现了一座灰色屋顶、白色墙壁的小农房，孤零零地立在田野中央。平淡无奇的朴素田舍，里面住着平淡无奇的贫农家庭。从这儿往右拐，就进入了狭窄的田间小路。再前进两百米，会发现小路已被树荫完全挡住，从机动车道上根本望不见。这点我早就确认过了。

停好车后，我走回机动车道附近。这是他回家的必经之路。这点也确认好了。我等了不到二十分钟，便看见那个瘦小的少年从学校方向走了过来。

纤弱的印象一如既往，脚步很轻。感冒似乎已经痊愈了。和前些日子一样，他穿着寒酸的大衣，走路时微微低着头。上午在学校尽情活动后，这个年纪的孩子当然会肚子饿了。他大概想赶紧回家吃午饭吧。

当少年离我十米左右时，我走上了机动车道。

"亨利·纳瓦尔。"

我刚一出声，少年就满脸惊异地停住了脚步。

看来他完全没发现我的存在。胆小瘦弱的脸庞，嘴巴张得大大的，

让我想到了被钓起来的川鳟。

被陌生男人喊名字的惊讶，转眼即消失无踪。因为搭话的是个穿着讲究的年轻男子，而且挺眼熟的吧。

我用温和的语气说道："我叫保罗·戈拉兹德。还记得我吗？咱们在道恩医生的诊所有过一面之缘。"

这下他似乎想起来了。

亨利露出释然的表情，点了点头。

"身体好些了吗？"

"嗯。"

声音小得有气无力。

他的性格肯定跟外表一样胆小怯懦，像只消瘦的野鹿。

我谨慎地开口说道："很抱歉突然叫住你。但是被人撞见咱俩见面不大好。我一直在等你回来。"

说到这里我停了下来。亨利似乎没有反应，只是默默地抬头看着我。

我继续说道："我在村公所负责卫生管理。调查拉博里居民的健康状况、指导监督医保体制便是我的工作。亨利，其实有件事儿我必须告诉你，希望你别太吃惊。这件事儿非常重要，你要尽量对父母保密，现在有空吗？"

在施加压力的同时又不吓着对方，关键就是句尾的发音要清晰。

不过，对于村里的居民而言，保罗·戈拉兹德这个名字本身就充满了压倒性的威慑力。连十五岁的少年也一样，亨利几乎是无意识地点了点头。

"我的车就停在对面。这里冷，而且最好不要被人看到。咱们上车聊吧。"

说完，我头也不回地迈开了步子，亨利则默默地跟了上来。

我停在了树下的黄色雪铁龙前。回头一看，发现亨利到底是个男孩子——即使突发状况令他不知所措，可在初次看到的光亮新车面前，他还是两眼放光。

这种型号的小车，拉博里应该仅此一辆。我刚打开副驾驶座的车门，他就主动钻了进去。

关上车门后，我故意慢慢地绕到驾驶座那边。果不其然，列成一排的驾驶按钮早已让亨利看入了迷。

亨利沉浸在眼前的玩具中，全然没发现驾驶座的门开了。他看得目瞪口呆，可似乎没胆量伸手触摸。他的手搁在膝盖上，探身盯着驾驶座，下颚都要贴在方向盘上了。

"你喜欢车吗？"

我开口问道，亨利吓得身子一颤。

"对不起。"

他发出胆怯的声音。

"道什么歉呀。随便你看。"

我坐进驾驶座。

"男孩子对车感兴趣很正常。我在你这个年纪的时候，也恨不得自己能早点儿开上车。你用这只手摸摸座位。滑滑的，很好闻吧？新

车还没买多久呢。全是皮革做的。怎么样，喜欢这辆车吗？"

我用快活的语气问道。

"喜欢。"

他老实地点了点头。

"你父亲有车吗？"

这件事我也提前查清楚了。

纳瓦尔的父亲虽不是戈拉兹德家的佃农，却是个嗜酒如命的贫困农夫。别说雪铁龙的新款车了，连一辆小破车都没有。

"没有。"

他难为情地低下了头。

"那下次有时间，咱们一起去兜风吧？后排座位都是空的，你可以带上三个朋友。"

我漫不经心地提议道。

"真的吗？"

亨利今天第一次这么大声。

有生以来头一回兜风，还是坐雪铁龙的新款车！这孩子会兴奋也无可厚非。从眼红羡慕的同学中募集同行伙伴，仅限三人。戈拉兹德先生说可以带三个朋友——要选择谁，自然全看亨利·纳瓦尔的心情。

春风得意的自己大概已浮现在眼前，他的嘴角不觉放松了下来。虽说已经十五岁了，可终归是个孩子。他完全放下了戒备心。

差不多该进入正题了。

"真的，不骗你。但是亨利，在此之前，我必须跟你说件很重要的事情。你知道吧？"

我说得很严肃，看得出亨利心中早已料到这一刻，表情顿时乖巧起来。

"我告诉过你，我是拉博里的卫生管理官吧？其实，前阵子法国政府的卫生局给我寄来了一封机密通知。据说，现在有一种特殊的传染病正在国内迅速扩散。尽管发病的只有一部分人，但传染性特别强。如果放任不管，可能就会出大事儿，发展成严峻的事态。

"说到具体是种什么样的病，刚开始会出现类似感冒的症状，身体发热。这些都是早期症状。待到痊愈后的两三周，全身又会冒出脓包一样的疹子。这是第二阶段。起初身上瘙痒难耐，没几天便开始疼痛，浑身流脓出血。变成那样就无药可救了。最后内脏和大脑溶化而亡。期间最多两三个月，真是一种恐怖的怪病，可棘手的是，致病细菌既不怕高温，也不怕消毒。有效的预防方法只有一个：发现患者后立刻隔离。"

我停顿了一下，观察着他的表情。

亨利一动不动，浅鸢色的眼睛睁得大大的。他神色紧张，却依然表现淡定，也许还没猜到话题的后续。

"亨利，前一阵子你因为感冒，找道恩医生看过病吧？"

我稍稍改变了语调，他好像终于把这件事儿同自己联系了起来。

惊愕与恐惧令亨利瞬间停止了思考，他愣愣地张着嘴，都忘记了点头。

"其实在诊所看到你的时候，我就发现你脸上有点儿征兆。于是

我让道恩医生提供了为你检查咽喉、体温时的工具，交给县里的卫生局进行简单的检查。今天早上我收到了答复。很不幸，他们似乎在你的唾液中检测到了病原菌。"

最后我猛地压低了声音。亨利一声不吭，一副难以接受的表情。

太可怜了！无法接受突发状况也是当然。即便不是十五岁的少年，估计也没人能保持冷静吧。

我努力做出平静的样子，继续说道："这种情况下，我应该立刻把你送去专门医院，接受细致的检查。可那样一来，在结果出来前，与你有过接触的人——家人自不用说，连附近的居民、学校的师生也得隔离起来。到时候会在村里引发巨大的恐慌。所以，我想尽量避免那样的事态。"

亨利家除了父母，还有学龄前的弟弟妹妹。先不说自己，他肯定想极力避免把家人卷进来。

"问题是，正如我刚才所说，这种病没有特效药。但有一种试验药，只要在早期使用，便能有效消灭病原菌，目前得到了研究人员的特别关注。这种药仍处于研究阶段，一般弄不到手，但我是戈拉兹德家的人，靠积累的人脉从特殊途径拿到了药。

"亨利，你听好了。你的症状尚处于早期阶段，还有可能被这种药治愈。我认为很值得一试。你怎么想？"

我也不知道亨利理解了多少，他只是乖乖地点了点头。

"好，那咱们赶紧试试吧，越早越好，毕竟时间紧迫。要是看得到效果，我会跟卫生局商量，到时候你就不用住院了。"

"只不过，整个过程必须高度保密，因为牵扯到了法律。最好也别告诉道恩医生。万一泄露了秘密，你我都有可能受到制裁。也不能让你父母知道。你能遵守约定吗？"

亨利再次点了点头。

虽然没有说话，但能看出他心中涌起了对我的信赖与感恩。认真的眼神可爱极了。

我突然发出快活的声音。

"既然如此，就别再磨蹭了。今天就开始吧，在我家里进行治疗。因为被人撞见就糟了。你应该知道戈拉兹德宅吧？"

听到戈拉兹德宅，亨利的脸颊抽搐了一下。连这样的小孩都知道戈拉兹德宅是个什么地方。

"知道的。"

细弱的声音就跟兔子的叫声一样。

"不用担心。结束后你马上就能回学校。虽然吃不到中饭了，你就跟父母说身体不舒服，午休不回来吧。没事儿的。治疗开始前，我会让女佣给你准备三明治的。

"不过，在此之前，我得给你打一针强化治疗效果的药物。你把手臂伸出来一下。"

我说得滔滔不绝，非常自然地拎起了放在后座的黑色皮包。

我从包里取出一只注射器和装有药品的安瓿。

亨利像被附身了似的默默伸出左臂。我抓住他的手，把大衣袖口挽了上去。脏兮兮的毛衣下面，露出了小动物一般瘦削僵硬的手臂。

我拿锉刀刮了刮安瓿的瓶颈，然后把瓶颈折断。眼角余光里的少年正屏息凝神地注视着我，我将安瓿中的药品缓缓吸入针筒。

*

我下班回到戈拉兹德宅，是在下午六点过一会儿的时候。

刚把车子停在大门旁边，女佣就立马闻声而来。

名字好像叫苏珊。通勤女佣，年纪在二十岁左右，是个肉乎乎的微胖村姑。总是在显摆自己丰满的胸脯。

"主人，欢迎回来。"

苏珊的招呼打得规规矩矩，眼神却在试探我。

那副表情表明了她知道今晚太太不在家。厚厚的嘴唇上涂着鲜艳的粉色口红。

好可怕的脂肪块——这世界上的女人，为什么就相信自己的脂肪能吸引男人呢？我娶安东尼娅为妻的理由之一，不仅在于其知性清纯的美貌，也因为她身上没有令我心烦意乱的多余脂肪。

我看也没看那女人一眼，径自走上我位于一楼的房间。

在沙发上才坐了十分钟，这次却是杜邦夫人来敲门了。托盘上摆着热红茶和兰朵夏。平时这都是安东尼娅的工作。

"晚餐时间就跟平常一样。今夜机会难得，我想慢慢欣赏唱片。如果明早之前没什么事儿，你今天也早点儿休息吧。"

安东尼娅对古典音乐没有半点兴趣。许多人都希望夫妻双方能有相同的兴趣爱好，但我不同。真正喜欢的东西，我可不会与别人分享。要想开足音量、沉浸在音乐的洪流里，还是不要有她比较好。

但唯独今夜，欣赏唱片还有另一个重要的意义。

"我知道了。"

杜邦夫人一如既往，只给了个冷漠的回答。

也好。我这么交代后，即使她听到了什么动静，大概也以为我在欣赏歌剧。

晚餐美味极了，也可能是因为我没吃午餐吧，有奶汁焗土豆鳕鱼干和芹菜沙拉。真是最适合寒冷夜晚的菜单。

奶汁焗菜热乎乎的，用叉子一挑，烤好的格吕耶尔奶酪还会拉丝，奶酪味儿浓郁。而鳕鱼干和土豆的味道浑然一体，融化在舌尖上。配酒是辛辣的白葡萄酒。从懂事起，这就是我熟悉的戈拉兹德家的"家庭风味"。

慢慢品尝过浓咖啡后，我离开了餐厅。快九点了，苏珊等人当然回去了，可我还是等一等再开始吧。

回到房间后，我从唱片架上取出了第一张唱片。贝多芬弦乐四重奏第106号，作品135。

要清除杂念、稳定情绪，没有什么比晚期的贝多芬更合适。晚年失去听觉后，音乐中没有了多余的元素，他的想法直接化为纯粹的声音，构成了至高无上的精神世界。

今天似乎比想象中的更加疲惫。

把唱针放在旋转的黑色唱片上后，我瘫倒在了沙发上。

*

结果，我在房间里听室内音乐听到了十一点。杜邦夫人应该早就睡了吧。

我穿上大衣，溜出了房间。打开走廊的电灯，走下楼去。房子里自然是寂静无声，只有从螺旋楼梯底部升起的冷气在流动。

点亮大门的灯光后，我从口袋里掏出钥匙，打开了门。冰冷的空气猛地吹了进来。这里是山丘顶部，所以冬天的寒风格外刺骨。满天繁星亮得刺眼。

当然，雪铁龙依旧停在大门旁边。

我走过去打开车门，揭开把后座盖得严严实实的驼色毛毯，只见朦胧的光亮中，亨利·纳瓦尔纤细的身体被塞在了座位底下。

即使摇晃他的身体，也没有要醒来的迹象。道恩的药好像蛮有效的。

我把亨利从车上抱出来，直接送到了一楼卧室。尽管瘦弱的身体轻得跟山羊一样，可搬运昏睡的肉体还是很辛苦。

好不容易到了卧室，我刚把亨利放在床上，他就真的发出了好似山羊的呻吟声。

"亨利！亨利！"

我唤道。他微微睁开了眼睛。

看起来还没有清醒。

"醒了吗？"

我摇摇他肩膀，看着他的脸，他似乎终于认清了状况。

"戈拉兹德先生。"

亨利发出虚弱的声音。

"你睡得真久。"

他好像这时才反应过来，惊讶地环视着四周。

镶着厚玻璃的小窗外面，此刻已是漆黑一片。

"现在几点了？"

"刚到七点。"

我撒了谎。

不必让他产生多余的恐惧。

"但你别担心，治疗马上就能结束。到时候我开车送你回家，我会跟你父母好好解释，不会害你挨骂的。"

少年掩饰不住困惑与焦躁，还有对即将开始的"治疗"的担忧，我便给了他一只长方形的小盒子，里面装着银纸包裹的巧克力。

"肚子饿了吧？吃了这个能精神点儿。"

加入了奶糖和扁桃仁膏的甜美巧克力，对贫穷的饥饿少年来说简直魅力无穷。狼吞虎咽地吃完巧克力后，亨利坐立不安地动来动去。

"真不好意思，我想小便了。"

毕竟睡了十一个小时，有生理需求也正常。

我不失时机地露出了微笑。

"当然可以。厕所在这边。"

我带着亨利走向最新流行的浴室，这是我同安东尼娅结婚时，特

意请巴黎工人改装而成的。

豪华宽敞的浴缸、配有大镜子的洗脸台，以及舒适的厕所、坐浴盆，这孩子应该从未见过如此奢华的浴室吧。

我缓缓打开了浴室门。

*

凌晨两点，我终于开始行动了。

我首先沿着螺旋楼梯爬上三楼。杜邦夫人的卧室在二楼，不过没问题，底下的门缝没有漏出朦胧的光亮。

三楼的阁楼如今没有佣人居住，全被当成了储藏室。楼梯旁边的房间里，应该堆着前几天我让让－路易制作的崭新木箱。长一百八十厘米，宽八十厘米，高六十厘米——大小绰绰有余。

贯穿房屋中央的螺旋楼梯从三楼直达地下一楼，其中心部分是直径一米左右的圆筒形空洞。我拿出存放在其他房间的登山绳，把它挂在空洞的顶部，即天花板正中间的铁钩上。在尚未通电的时代，这只铁钩上曾悬挂着沉甸甸的枝形吊灯，上面插着无数根蜡烛。阁楼的天花板很矮，我个子又高，从扶手上探出身子就能轻松够到。

接着，我把箱子搬到了楼梯上。里面空空如也，一点儿都不重。我用穿过铁钩的半边绳索给箱子绑了个十字结。然后踩住绳索，固定好宽松的部分，再把箱子推进扶手后面的空洞。细长的长方体完美地悬在了铁钩上。

接下来只要一点点儿放松绳索，让箱子缓缓降到地下就行了。确

1月22日　星期一

"我最近胃不大舒服……要不要找道恩医生看一看呢？"

我嘀咕道。保罗关好车门，身子转向了我。

吃完早餐，我走出戈拉兹德宅的大门，为在村公所上班的保罗送行。

今天是久违的晴天，而且没有风。天气正适合散步。

"真可怜。是胃疼吗？"

保罗盯着我的脸。

"嗯。不过没那么严重。"

"因为生活不习惯而累了吧？你好好休息两三天。如果还是没好，就去开药吧。"

他看起来既像在担心，又像在试探。表情实在微妙。

我说胃不舒服，也不全是假话。每次一高度紧张，我就会胃绞痛。当然，我另有目的。要跟道恩医生单独交谈，最好的办法就是装成病人找他看病。

确认保罗的雪铁龙冒着浓烟离开后，我走向了大门旁边的电话室。

杜邦夫人和女佣们一清早就忙着洗东西。

萨姆森·菲利普还在自己的公寓里。因为身边有秘书，我决定尽量不给事务所打电话。

"早安，难道你还在睡觉？"

只要把电话室的门关紧，就不用担心声音传出去。我的声音不禁欢快起来。

"嗨，早上好。"

听筒里传来了萨姆森迷迷糊糊的声音。

"怎么样，你还好吗？"

"嗯，托你的福。你呢？"

"谢谢，我很好。对了，你现在从哪儿打的电话？"

萨姆森不安地询问道。

他在为我担心。

"戈拉兹德宅。不过没事儿，我周围没有人。我今天准备去搜搜保罗的房间。"

要是错过今天，不知何时才能等到下一次机会。

让－路易今天一整天都要外出办事，还遇上了绝佳的洗衣天气，杜邦夫人正奋力指挥众人清洗大件物品。

刚才也是，年轻的女佣们在后院张开双臂，忙着晾晒床单。其中，特大号床单的边长足足三米。这是结婚之际，保罗在巴黎春天百货订购的特制品。枕套跟其他的床上用品一样，保罗的绣着"P"，我的则绣着"A"。

床单每天都会更换，所以洗衣房的大篓子里总是堆满了待洗物品。保罗有洁癖，对亚麻布上的污渍、泛黄特别在意。餐厅的长餐桌上铺着一块蕾丝桌布，它的清洗工作比床单还要麻烦，杜邦夫人自然绷紧

了神经。

在清洗衣服的这天，不管我在卧室里干什么，她都没空关注。

"但你必须小心行事。别忘了你身边全是敌人。"

"我知道。可如果畏首畏尾什么也不做，到时候就会一无所获。这是你教给我的话呀。"

萨姆森耸肩的样子仿佛浮现于眼前。

萨姆森无疑是爱我的。然而聪明的他，知道我现在需要的不是甜言蜜语，而是实质性的帮助。他曾百般反对我同保罗结婚，但最后还是妥协了，显然也是因为他爱我。

萨姆森把我当作优秀的心理医生推荐给了保罗。假如没有他的帮助，我现在就不会在拉博里。

"如果我的直觉没错，保罗肯定有地下室的门钥匙。我会想办法找出来的。"

听筒那头传来了深深的叹息。

"对了，我打算在下个月的第一周或第二周去巴黎。"

我改变了话题。

"你方便吗？"

"当然，我随时欢迎你的到来。你还要住女友们的公寓吗？"

这自然是玩笑了。

我仿佛看到了萨姆森咧嘴一笑的表情。我在巴黎居住的"酒店"，正是萨姆森的公寓。

"是啊。因为我是蕾丝边嘛。"

我也不禁笑了起来。

可萨姆森又恢复了严肃的语气。

"你千万别心急啊。我担心死了。"

"别担心。要是有什么事儿，我会立马通知你的。那我差不多挂喽。"

"亲爱的，我爱你。"

萨姆森恋恋不舍的声音在我耳畔萦绕。

"我也是。"

我轻轻放下了听筒。

*

虽然我一开始斗志昂扬，可搜索却以徒劳告终。

我搜遍了保罗的卧室兼起居室，就是没看到类似钥匙的东西。

两间主卧曾是历代当家夫妇的起居室，几乎是同样的大小、同样的构造，大部分家具、日常用品也一样。每个房间都摆着特大号的双人床，这难道是美好旧日留下的证明？因为在那个时代，夫妻双方都会把情人带回房间，享受偷情的乐趣。两个房间配备了大型彩电，当然不会出现抢电视的问题。

说到不同之处，就是保罗的房间没有梳妆台和五斗柜，但有音响设备和唱片架。这些是保罗视若珍宝的秘藏，除他以外的人都不能触碰，哪怕是杜邦夫人。这里是藏钥匙的最佳地点，然而我也没找到。

墙壁、天花板、地板自然没有动过的痕迹，似乎也没有隐藏的架

子或抽屉。

不过，保罗的性格非常严谨。即使用的是宽敞的两头沉办公桌，上面也没有摆放一件多余的东西。不仅是桌面，抽屉内部也被整理得井然有序。照这个样子，钢笔的位置稍微挪动一下，恐怕都会被他立刻发现。

定制的衣柜和橱柜一模一样，搜索是门耗费心力的工作。我心里有种止不住的冲动和些许内疚——我冒着巨大风险同保罗结婚，就为了干这种偷偷摸摸的事情？

如果这里没有，那下一个可能便是保罗的书房。然而时钟已接近正午，今天没有时间了。

而且要进入保罗的书房，得先离开卧室去走廊。最好选个不会被杜邦夫人撞见的时间。

萨姆森说得对，不能心急。

一定有机会的。

*

今天的午餐是洋蓟沙拉配鸡肉浓汤，甜点是红酒煮梅干。

浓汤是把鸡和蔬菜直接放在大锅里，加水炖煮而成。洋蓟用的罐头，梅子则是预先备好的。忙碌的日子自有一套菜单，可味道依然不错，不得不承认杜邦夫人作为管家的实力。

又一次把回来吃午餐的保罗送走后，我开始了行动。

首先得换衣服。纠结了半天，最后我选择了白色领子的棕色羊毛裙。年轻妻子的清纯打扮应该比较合适。

我走上二楼，悄悄看了眼被服室，杜邦夫人和女佣们正忙着熨烫。

她们用熨斗仔细地将褶皱熨平，蒸汽喷在高级的厚床单上。这项工作需要细心和耐心。把边长三米的正方形布匹叠得一厘米都不差，无疑需要熟练的技巧。被服室墙上的柜子里，已经堆了几件整理完毕的纯白床单。

女佣们的笨手笨脚似乎让杜邦夫人烦躁不已。

"你！都起皱了啊！不许发呆！"

"要我说多少次'不是这样'，你才明白？真是拖后腿！"

杜邦夫人的骂声传了过来。

挨骂的是个小姑娘，说她还是孩子也不为过。每每响起尖锐的声音，她就会战战兢兢地愣在原地，如同害怕狮子的小鹿。今天人手不够，杜邦夫人大概把家务生疏的村里姑娘也叫来了吧。

对于打下手的女佣而言，掌管万事的管家才是主人。在这位重量级人物面前，不谙世事的少奶奶跟大门的装饰没什么两样。事实上，为了不影响杜邦夫人的心情，女佣们都在拼命干活，压根儿不会发现我在旁边。

望着杜邦夫人冷酷的面庞，我突然想到了保罗的脸。保罗精致的面容没有一点儿多余，如果给他填入厚厚的脂肪，刻上深深的年轮，我想到的，是张桀骜不驯的媪妪脸庞。

第一次见到杜邦夫人，我就觉得那张脸莫名地熟悉……

而杜邦夫人也跟女佣们不同，似乎提前知道了我的到来。

即使我告诉她自己准备出门了，"太太，路上小心。"她也只是平静地颔首致意，都不看我一眼。

对于这个女人来说，自己该侍奉的主人只有戈拉兹德的当家。不，说实话，少奶奶的存在就是管家的敌人吧。恐怕保罗过世的母亲、过世的前妻都是如此——我不禁打了个寒噤。

也罢，我只管做自己该做的事情就好。

我穿上浅驼色的羊毛大衣，离开了戈拉兹德宅。

*

道恩医生的诊所（也是私邸）位于戈拉兹德宅通往市区的路上，大约在中间位置。离村子中心有点儿距离，但正适合散步走过去。

带院子的独栋楼反映了主人随心所欲的单身生活，房子简洁利落，也没有盆栽鲜花点缀窗边。院子里虽有花坛，却是一片荒芜，未经打理。

诊所的门前是停车场。从这儿往主道上前行十公里，就有一家设备齐全的综合医院。重病患者自不用说，有车一族应该也更常去这家。

停车场很少被停满，今天只有道恩医生的爱车停在大门旁边。

大门上挂着木牌，写着"营业中 欢迎光临"。

就连诊所也能让人充分体会到这里不是城市。没有雇用护士，只有一个人坐诊，估计看病时也不锁门。我轻轻推开门，牧牛铃响起了牧歌般的丁零声。

进去一看，候诊室竟意外的敞亮、现代。

里面没有病人的影子。光滑的米白色皮沙发上，只有道恩医生一个人边看报纸边酌酒。

"哎呀呀，戈拉兹德夫人！你可算来了。"

道恩医生向我一瞥，然后放下酒杯，立刻把右手伸了过来。

盼望已久的客人终于到来，他似乎喜出望外，语气欢快。他透过银框眼镜看着我，眼神好似狩猎的雄鹰。待我放下手提包，他用那只大手轻轻包住了我的右手。和保罗冰凉湿润的手不同，他的手感如温暖柔软的绅士。

道恩医生抬头看着我，在我手背上轻轻吻了一下。

"我胃不太舒服，所以过来开药了。"

我刻意发出公事公办的声音。

"这样啊，真可怜。那具体有什么症状呢？"

就算期待落空，他也没露出明显的失望表情，语气极为自然。

可我疏忽大意了，没有就关键的"症状"制定方针。都怪我只想着看病的真正目的——收集信息。

"没什么胃口。"

总之先说点儿无关痛痒的。

如果他让我检查，那事情可就麻烦了。

"这么年轻，就胃口不好？"

道恩医生惊讶得有些夸张。

"要是让那些一心想减肥、同食欲做斗争的妇女听到了，大概会特别羡慕吧。如果是尚未出嫁的姑娘，还有可能是相思病，但你是个幸福的太太。你想得到什么原因吗？比如怀孕……"

说着，他用左手摸了摸山羊胡。

口吻充满揶揄。

"不是。"

我不禁加重了语气。

"那么，食欲不振是从什么时候开始的呢？"

"我想想……应该是今年年初。"

"那么早就开始了？都三个多星期了呀！可我记得，在马蒂厄夫妇的跨年晚宴上，你一直都吃得很香啊。"

当时的烤肥鹅很美味，我还添了一份。难道他记得这件事儿？

这个人比我想象中的更不可小觑。照这么看，他肯定也仔细观察过我喝了几杯波尔多葡萄酒。

"并不是吃不下东西，而是吃完后会胃疼。"

我不得不承认自己太嫩了。

不出所料，道恩医生扬起了嘴角。

"不用担心。我给你开点儿特别的药品吧，包治万病的特效药。什么胃痛，转眼就能抛之脑后。不过在此之前，要先喝一杯吗？你走了这么远，喉咙都干了吧？"

暗藏野心的眼瞳开始放出妖媚的光芒。

说不定这位情场老手比我想象的更厉害。我又刷新了认识。

我得小心，不能露出破绽……被敌人牵着鼻子走可就糟了。

"不用了。"

我干脆地拒绝了，他仍然一副绅士的模样。

"那戈拉兹德夫人，请进诊室吧。"

对方放弃得很爽快，出乎我的意料。

他大步流星地往里面走去，熟练地打开了诊室的门。诊室约二十平方米，四面被几个收纳了文件、药品、医疗器械的玻璃柜包围，朴素的房间里摆着简单的桌椅和硬邦邦的诊查床。里面的机器好像是 X 光仪。这点儿检查，医生一个人应该也能搞定。

让我坐在病人的圆椅上后，道恩医生用郑重的语气道歉说："今天上午我去病人家里看病，不小心把医疗包忘在了车上。真不好意思，我现在就去拿，能稍等片刻吗？"

"当然。请别放在心上。"

我也亲切地回答道。

清脆的铃声叮铃响起，道恩医生走出大门后，我把诊室仔细地看了一遍。尽管没有护士，可看得出他有雇人做家务、搞卫生，室内干净、整洁。

关于戈拉兹德家，他无疑掌握了许多我所不知道的真相。他是拉博里的名人，也是戈拉兹德家的主治医生，不可能对这个家族的秘密漠不关心。

疯狂、杀戮、埋葬，我寻求的，正是戈拉兹德宅血腥历史未曾提及的部分。

我凝视着铺着廉价白床单的朴素诊查床，开始动脑筋。

*

大门的牧牛铃再次丁零响起，没一会儿，便传来道恩医生走在木地板上的脚步声——本应如此。

实际上，应该出声儿了吧。

等回过神来，我的双肩不知何时被两只大手给包住了。是男人有力而温柔的手——看来我只顾着思考，不小心忘了自己此刻在哪儿。

柔软湿润的嘴唇轻轻贴在脖子上时，我就跟装了发条似的，立刻从圆椅上跳了起来。

转身的同时，男士古龙水的雅致香味儿蹿入鼻腔，修长的道恩医生就挡在我跟前。

"吓到你了？"

看这个表情，他似乎坚定不移地以为女人一直在等着自己。

"那我从头开始吧。"

他从正面凝视着我的双眼，缓缓地把手搭在了我的双肩上。

我还没来得及想该怎么反应，嘴唇就贴了上来。

粗糙的胡须碰到了我的下颚。我立刻挣扎起来，而他仿佛预见到了这一点，随即抱紧了我。

虽不粗鲁，却有种不由分说的自信和游刃有余。温热的气息拂过面颊，吹在我耳朵上，男人的心跳透过厚实的胸膛传了过来。

"请住手！你要干什么？"

我不禁大声叫了起来。

当然，这不是我第一次被男人示爱，然而却是头一次以这种形式被突袭。心里产生了一股连自己都未曾想过的厌恶感。

必须想办法逃出去——尽管我拼死挣扎，但越是挣扎，捕缚身体的毒蜘蛛力气就越大。

正在此时，男人的手突然松开了。

与此同时，我的身体顺利摆脱了束缚。忽然失去了抵抗的对象，我脚下一个踉跄，诧异地愣在了原地，都忘了要逃跑。

我惊讶地抬头一看，发现道恩医生露出了为难的表情。

"我好像误会了。"

声音意外的冷静。

"戈拉兹德夫人，请原谅我的失礼。我完全没打算冒犯你。"他向我郑重地行了一礼，"我喜爱女性，但不会强人所难。直到刚才，我心里都以为你是来见我的。"

诚挚的语气中感觉不到虚伪。

"当然不是。"

听到我的话，道恩医生轻轻叹了口气。

"可我误会是有原因的。起码，现在的你没有生病，也不需要我的药。我好歹是医生，这点儿事情不用诊察也知道。难道不是吗？"

"嗯，没错。"

我点了点头。

他好像真的误会了。

"如果我的行为让你误解了，那我也有责任。我向你道歉。可道

恩医生，这里不是为病人而开的门诊室吗？和你的私人卧室还是有区别吧。假如事情就如你误会的那样，要是其他病人撞见了咱们的密会，可该怎么办？"

我在极力地挖苦，道恩医生却露出了从容的笑容。

"不要紧。刚才我把大门的牌子换成了'外出中 请下次再来'。不过你别担心，大门我没锁。你接下来要走，完全是你的自由。"

坦率的眼神没有一丝动摇。

我感觉自己的肩膀瞬间没了力气。

事已至此，我该想起自己来这儿的真正目的了。

"我很清楚你是个真正的绅士，而且是个十分优秀的医生。既然彼此的误会都解除了，那我问你，如果我仍不离开这里，你会怎么想？"

可能有点儿挑衅过头了。

我又坐回了圆椅上，道恩医生却没坐回自己的椅子。他在原地盘着手臂，表情严肃地俯视着我。

"那实话实说吧。戈拉兹德夫人，你想从我这里打听些什么吧？"

我只能默默地点点头。

道恩医生的表情缓和了些许。

"我猜猜是什么，关于保罗·戈拉兹德前妻的事情，对吧？"

他说话的方式像科学家一般理性，而且准确。

我没有立刻做出回应。

"不过，你会如此在意他前妻的事情吗？正如我前段时间所言，保罗需要你。我可以发誓，他对你的爱，丝毫不亚于对前妻的爱。这点你自己应该也清楚。"

"你说我嫉妒他前妻？"

"要不是这样，那你在烦恼什么？可能我要多管闲事儿了，但这也是我作为医生的医学见解，还望多多包涵。我直接说了，如果你对保罗的男性能力有所不满，那确实是个严重而不幸的状况。身为妻子，也难怪会心烦意乱。但这只是他身体上的问题，绝不是爱情方面的问题。"

道恩医生的话语在安静的诊室中响起。

见我一言不发，他继续说道："你也知道保罗在那起车祸中伤到了脊髓吧？不，你曾经是保罗的心理医生，对他的病情远比我掌握得准确。很遗憾的是，脊髓损伤多会给病人带来性功能障碍。当然了，因损伤部位不同和个体差别，障碍的程度也存在着巨大差异，多少会对夫妻关系产生影响。结婚前，你们俩应该把这一点讲清楚的……"

"所以你以为我是来发情的？"

"不，刚才解释过是我误会了。"道恩医生似乎完全恢复了冷静，"作为朋友，我当然也想提供些帮助。"

他用自信满满的眼神凝视着我的双眼。

其实我不在乎被当成可怜的"烦恼娇妻"，这样反而更方便行事。

我试着迈进了一步。

"要是我想打听什么，那也是因为戈拉兹德宅充满了谜团。"

对方讶异不解。

"难道不是吗？为什么没一个客人来戈拉兹德宅？为什么管家比女主人更有威严？还有，为什么那间地下室一直被锁着？"

在道恩医生开口回答前，空气凝固了一瞬。

"戈拉兹德夫人，关于地下室的秘密，保罗什么也没告诉你吗？"他露出了疑惑的神情。

"说了呀。我到拉博里的第二个早晨，他就告诉我了。戈拉兹德宅的地下室现在成了地下墓穴，二战末期这个村里肃清过内奸，好像事件的牺牲者就沉睡在里面吧。

"可是，道恩医生，不管当时那起事件多么惊天动地，如今还把二十四年前的事情当成忌讳，这难道正常吗？无论发生过什么，都该过去了吧。村民们为何不去调查地下墓穴，把逝者安葬在教堂的墓园里呢？"

面对我的质问，道恩医生轻轻叹了口气。

"因为你不是这个村里的人啊。"语气中夹杂着些许自嘲，"在城里长大的人，应该无法理解乡村共同体吧。对于他们来说，发生在共同体内部的事件，就跟发生在亲兄弟之间一样。自己人可以相互制裁、报复，怎么都行，对外人却是保密到底。实际上，拉博里的村民间也有着密切的血缘关系。那起肃清事件要是被当时的政府知道了，即使处在战争尾声的混乱期，他们也不会轻易放过。不光是执行者，坐视不管的相关人员也免不了受处罚。

"正因如此，不仅是犯人，连受害人、警察、村公所、教堂——即当时的所有相关人员，都当那场可怕的杀戮不曾存在，把它埋葬在黑暗之中。不管过去二十年还是三十年，这一事实都不会改变。谁会喜欢揭发自己爷爷、父亲、哥哥的罪过啊？"

我无言以对。

*

没办法。既然道恩医生也是拉博里共同体的一员，他就不会追究戈拉兹德家的问题，使自己陷入尴尬的处境。

看样子问不出更多事情了。就在我告辞起身时，"戈拉兹德夫人，且慢，不用这么急着走呀。"

道恩医生露出了镇定的笑容。

"先前是我冒犯了，作为赔礼，就告诉你一件有趣的事情吧。"

"什么？"

我又坐了下来，道恩医生直直地俯视着我，把双手摆在身后。

这个姿势是在暗示自己没有攻击的意思。

"那位强势、傲慢的黛芬·杜邦夫人——简直像戈拉兹德家的女王，现在，似乎所有人都忘了她的名字叫黛芬。而且神奇的是，大家都叫她杜邦夫人，实际上却没一个人见过她丈夫。你知道这是为什么吗？"

"因为她并没有结婚？"

"你说对了。"

镜片深处的眼神犀利了起来。

"她是戈拉兹德前当家埃德蒙·戈拉兹德先生的情人。在埃德蒙先生的夫人因病去世后，她便成了戈拉兹德宅实质上的女主人。不仅尽到了主妇的责任，把家里安排得妥妥当当，还生下了一个漂亮的

儿子。"

"你是说我先生？"

惊讶与理解同时涌上心头。

心中浮现出方才在被服室见到的杜邦夫人的脸。

"噢，夫人厉害，心思真敏锐。没错，保罗是埃德蒙·戈拉兹德先生与杜邦夫人生下的儿子。

"不过，她是贫困佃农的女儿。这样的女人无法正式成为当家夫人。就算被抬举为女王，她也始终是个女佣。因此，埃德蒙·戈拉兹德先生宣称保罗是大哥戈尔蒙·戈拉兹德先生与妻子露易丝的长子，而不是自己的儿子。在这种情况下，村民即使知道真相，也不会公开谈论。毕竟保罗本人就没把杜邦夫人当母亲。这就是乡村共同体。"

"那他过世的母亲——我婆婆对此没有怨言？"

"戈尔蒙先生英年早逝，和露易丝夫人没有孩子。这种寡妇的身份很难说得上安宁。丈夫死后，露易丝夫人要守住在戈拉兹德家的地位，当保罗的母亲对自己还是有好处的。"

我点点头。

此前的疑惑消除了不少。保罗对过世的母亲没有太多留恋，对一介管家杜邦夫人莫名地客气，这下就都说得通了。既然聊到了杜邦夫人，我顺便又提出了一个疑问。

"这下许多事情我都理解了。但其他佣人是出于什么原因，才会在村民敬而远之的戈拉兹德家干活的呢？"

面对我的疑问，道恩医生显得有点儿犹豫。

不过，他马上干脆地回答了。

"所有的通勤女佣都和杜邦夫人有一定的关系，不敢忤逆她的威严。当然，薪水也蛮可观的。

"但让－路易有点儿不同。前当家埃德蒙·戈拉兹德先生对他有救命之恩。否则，他也早成了戈拉兹德地下墓穴中的一员。"

"你是说，为了报答前当家的恩情，让－路易如今还在给戈拉兹德家当牛作马？"

我知道无论是周末还是节日，让－路易都在为保罗工作，且不光是秘书的文书工作，连从前长工、男佣做的体力劳动也全由他负责。

"哎，也有这个原因……"

不知为何，道恩医生有些闪烁其词。

"难道不是让－路易憎恨戈拉兹德家吗？"

我插话道。

"噢！这是为什么？"

他的声音里充满了好奇心。

"没，我只是稍微推理了一下。"

让－路易本应被水泥埋进地下墓穴的，最后却被埃德蒙·戈拉兹德救下一命，也就是说，他或者他的家人原本是戈拉兹德家的敌人吧？假使他对埃德蒙本人心怀感恩，可对其儿子保罗又是如何呢？

让－路易阴沉忧郁的眼神浮现在我眼前，好似希斯克利夫。

"你说的或许没错。毕竟那男人绝不只是个淳朴的人。可话说回来，戈拉兹德夫人，我不是很懂你的想法，你到底跟什么在做斗争？"

这个问题直击要害。

我犹豫了一瞬，还是决定默不作声。起码现在不该继续深入。

我郑重地向他道谢，正准备离开诊所时，"啊，对了。"送我到大门口的道恩医生叫住了我，"回去的时候一定要注意安全，最近村子有点儿不太平，不久前才发生离奇的失踪事件。"

"好像是呢。"

我点了点头。

"但失踪的不是女性吧？"

"嗯。是男人，应该说是少年吧。"

道恩医生似乎认识当事人，表情阴沉了下来。

"总之小心为上。要是有可疑人士接近你，记得大声呼喊逃开。"

走出诊所，眼前只有大片荒凉的冬日麦田。幽暗的大宅邸傲然耸立在前方山丘上，统治着被风吹得沙沙作响的树林。

真正的恐怖就在那座石狱里等着我。

我再次向道恩医生道谢，朝戈拉兹德宅走去。

2月5日　星期一

与县警官结束会谈后，马蒂厄先生回到了村公所。而我被他叫进村长办公室，是在上午十一点多。

村长办公室位于村公所的二楼。这间特等房可以从正面窗户望到教堂的尖塔。马蒂厄先生很喜欢背对这扇窗户的接待沙发，它已经成了宾客专用的特等席。

其实拉博里的村长工作，说是马蒂厄家的家业也不为过。虽然有选举制度，但实际上没人敢参与竞选。现村长能获得一定的口碑，也是因为他家门有来头，加上有一定的风采和威信。

平时还好，可一旦出了什么事儿，这个木头人却没有克服困难的才智与胆量。他催我早些回来，也是因为他一个人不知道该怎么办。

"啊，保罗！你坐下吧。"

我一进门，就看见马蒂厄先生坐在心爱的特等席上抽烟，轻轻晃动着肥胖的身躯。

显然他很着急。这种小村子失踪了两个少年，村长当然静不下心了。马蒂厄先生的脸本来就挺红润，这下更是被愤怒和焦急染成了一片通红。

"警察怎么说的？"

我语气冷静地询问道。

一月十二日，星期五，亨利·纳瓦尔在回家吃午饭的路上突然失踪。顺路的两名同学。只看到亨利沿着机动车道走回家，并没有后来的目击情报。

这已经算件大事儿了，但二月三日，星期六，十四岁的皮埃尔·兰斯又下落不明，紧张的气氛瞬间笼罩了整个村子。

皮埃尔是村中磨坊老板的儿子，和家人在家里吃过午饭后，就说去练习足球了，并且再也没有回来。此后，没有任何关于皮埃尔的目击消息。

每个周末，学生们都会主动聚集在学校的操场上踢足球，但不算正规的社团活动。即使那天皮埃尔缺席，好像也没有同伴觉得不对劲儿。而事情开始闹大，是在皮埃尔晚上也没回家的时候。

还有亨利·纳瓦尔事件。当然，昨天星期日全村进行了搜索，可至今仍未发现一样遗留物品。虽说不是村长的责任，但马蒂厄先生坐立不安，也难怪会去找县里的警官。

"他们说假如这是绑架事件而不是单纯的事故，那很有可能是变态干的，因为对方没有索要赎金。可这样一来，犯人极有可能是村里的居民。"

马蒂厄先生吐出了这番话。

把变短的香烟熄灭后，他从口袋里掏出高卢[1]的盒子，急忙点燃了一支新烟。

"如果是变态干的，那两人现在会怎么样呢？警察有说什么吗？"

---

1 Gauloises，法国的卷烟品牌。——译者注

我故意装傻地问道。马蒂厄先生抖得更厉害了。

"他们认为两人都被杀害了。犯人不是正常人。盯上的是便于摆布的少年。但犯人的脸被少年们看到了，而且他们和小朋友不同，能够进行证言。犯人不可能直接放人。"

"都还没发现尸体吧？"

我露出惊讶的神情。

"是啊。特别是亨利，事件都过去三个星期了。我们搜遍了村子的每个角落，并没有发现可以囚禁受害人的地方。实在不觉得他还活着。"

亨利的失踪引起了轰动，但在当时，很少有人把这与犯罪联系起来。

到了十五岁，要绑架也不是件易事。何况他不是女孩，是个男孩。比笨拙的大人敏捷得多，也更有力气。相比绑架，难道不是遇到了什么事故吗？既可能掉进河里被冲走了，也可能因为某人的恶作剧而跌入了陷阱。起初，所有人都这么认为。

"我觉得也可能是离家出走。你知道，纳瓦尔家是贫困百姓。我还听说他父亲酗酒又蛮横。这个年纪的孩子会讨厌乡村生活，认为去城市就能解决问题，其实挺正常的。警察好像也想的一样。不过，皮埃尔·兰斯失踪后，情况当然就不同了。"

马蒂厄先生皱起眉头，鼻子里呼出一片浓浓的烟雾。

正如村长所言，皮埃尔·兰斯是富裕家庭的独生子。身材消瘦，长得不算好看，可是生活在父母的溺爱之中。正常人都不会往离家出走的方向思考。

我一脸佩服地点点头，想起了自己同皮埃尔的初次见面。

*

上上周的一天，从村公所下班回去时，我有事去了趟德尔博斯的食品店。

在店门口停车时，一个在马路上独自玩球的少年映入了我的眼帘，大概在等父母购物吧。他灵巧地运着球。那正是皮埃尔。

岁数跟亨利差不多，但感觉比他更成熟。个子并不高。细尖的脸庞让人联想到川鳟。

"你喜欢足球吗？"

我搭话道。他瞥了我一眼，随即默默地点了点头。

看样子知道我是什么人。他的眼神细腻、敏感且大胆——温暖的羊皮大衣和手套之间，可以瞧见纤细如短棍的手腕。

我走进店内，准备买一打葡萄酒，只见兰斯夫人正同店主夫妇聊天。看来，店门口的是她儿子。

和兰斯夫人贪婪的商人老公一样，对于她，我也只知道长相和姓名，彼此间并无来往。她跟儿子一样，尖尖的脸庞仿佛河鱼，没有一点儿风韵，难怪老公出轨的传闻从没断过。

"呀，戈拉兹德先生！欢迎光临。"

德尔博斯夫人立马认出了我，向我打招呼。

突然妩媚的声音似乎把兰斯夫人吓到了，她往这边望了一眼：

"咦，皮埃尔去哪儿了？"

她故意大叫道。

"皮埃尔！皮埃尔！"

她抓起购物袋，匆忙走出店外，看都不看我一眼。

既然不是佃农，就没理由对地主低声下气。她的背影把这种心理讲得明明白白。

兰斯和马蒂厄先生关系不和。当然会遭到村长一伙的排挤。可就算如此，乱朝我发脾气也让我挺为难的。

哎，咱们走着瞧吧，哭的不会是我，而是你跟你老公。

"戈拉兹德先生，今天有什么事呀？"

脂肪块笑容满面地走了过来，但我心不在焉。

我的心离不开刚才看到的那只手腕，纤弱得仿佛一触即断。他的肩膀、胸脯、手脚，恐怕也跟那只手腕一样纤细、单薄、坚硬而且纯洁。

我的直觉当然没错。

*

"可是村长，假设是变态干的，犯人也不一定是拉博里的居民啊，也可能是别处的外地人开车带走了他们。"

我阐述完意见。"我也这么说了。"马蒂厄先生又吐出一阵浓烟，一边咕哝着说，一边不高兴地摸了摸下巴，"他们认为，外地人没理由两次盯上拉博里的小孩。自打亨利出事以来，家长和学校都对可疑人士提高了警惕。外地人本来就惹眼，陌生的车辆开来开去更是惹人怀疑。犯人在其他村子搜寻猎物要简单多了。"

"原来如此，这么说也是。"

"就是说啊。你也知道，兰斯家离主干道有点儿距离。从那里通往学校的路，根本不会有村民以外的人走。假如是外地人干的，确实说不通为何会盯上皮埃尔。"

他说得很有道理。

*

二月三日，星期六的下午，皮埃尔在磨坊后面的空地上独自踢球。磨坊离兰斯家非常近。

据我事先调查，皮埃尔痴迷足球，每个周末都会去学校操场跟同伴们搞练习赛。而在此之前，他习惯在磨坊后面悄悄练习运球和射门。星期六下午磨坊休息，没有一个人，最适合专心踢球了吧。

皮埃尔人不可貌相，运动神经似乎很发达，踢球的动作有模有样。

"下午好，你是皮埃尔·兰斯吧？"

把雪铁龙停在磨坊旁边后，我打开驾驶座的窗户，向皮埃尔打招呼。

这里是磨坊的背面，不用担心被人从马路上或兰斯家看见。

"没错。您有什么事儿？"

他的回应比我想象中的有礼貌。

"我是保罗·戈拉兹德，在村公所负责卫生管理。你现在方便吗？我有件非常重要的事情要跟你讲。"

皮埃尔犹疑了一瞬，却马上点点头，把球放在了地上。

他跑到车子旁边，正脸对着我。

看样子，头脑和教养都不差。

我慢慢把手伸过去，打开了副驾驶的车门。

*

"犯人有眉目了吗？"

我试着问道。

警察不可能怀疑到戈拉兹德当家的头上，更别说我才结婚没多久。

"不，好像还没。"

马蒂厄先生摇摇头。

"不过，村里真的有这种变态吗？"

我提出疑问。

"唉，这不好说。"马蒂厄先生压低了声音，"警察好像把以前有过性犯罪的人列成了表，打算挨个调查呢。性犯罪是种病，犯过一次的人定会犯下同样的罪行。他们是这么想的。还有，要特别注意独居男性。变态也有可能已婚，但成家后老婆盯得紧呀，没什么人身自由，单身汉倒能为所欲为。"

我差点儿就笑喷了。靠这种老套的成见进行搜查，罪犯当然笑开了花。

"独居的男人很可疑。这么说来，道恩医生也会被怀疑啊？"

听到我的指摘，马蒂厄先生发出了豪放的笑声："对哦，你说的有道理。哈哈哈！"

　　但他随即注意到自己这样不大合适，于是板起了脸，"哎，我更在意的是……"

　　这个豪爽的男人难得地支吾了起来。

　　"怎么啦？"

　　"没什么，是我杞人忧天了而已。"

　　他忽然移开了视线。

　　"让－路易好像还是个单身汉，没问题吧？"

　　严肃的表情说明他不是单纯地杞人忧天。

　　"你怀疑他是犯人？"

　　我微微露出愠色。

　　"怎么可能，我才不会这么想。"

　　马蒂厄先生连忙干咳了一声。

　　"但不知道警察怎么想啊。县里的警察可不在乎他是戈拉兹德家的佣人还是别的什么人。他们没把拉博里当回事儿。以为这里跟其他村子一样，就是个普通的农村。他们可能会找你问那个人的事儿，你最好有个心理准备。"

　　"不，让－路易没有问题的。"

　　我用明快的声音断言道。

　　"他沉默又笨拙，容易被当成怪人。其实却是个认真的普通人。"

　　"这我知道。"马蒂厄先生意味深长地看着我，"问题是警察的想法。"

　　我特别欢迎警察把时间和精力浪费在错误的搜查上，但我不愿因此被他们找去问话。虽然可能性不大，我还是不想让他们踏进戈拉兹德宅。这里我应该彻底否定。

　　"不用担心。首先，前天星期六他就不在拉博里。有事儿去了芄休。"

　　"那就好。"

　　马蒂厄先生点了点头，接着连忙补充道："不过，你可要保密啊。别告诉任何人我说过这些话。"

　　"当然明白。"

　　我保证道。

　　＊

　　"下周六……希尔薇邀我去看法兰西喜剧院的表演，说是原本约好一起去的朋友突然没空了。我可以去吗？"

　　上周三，安东尼娅提出了这件事儿。

　　蓝灰色的眼眸、陶瓷般的雪白肌肤、红润的面颊。一大早就画上了精致妆容的脸庞，与日常的灰色套裙相映成趣。越是质朴的色彩，越是凸显年轻，看来此话不假。

　　"可以啊，你不用顾虑我。她难得约你，去就是了。"

　　安东尼娅两眼放光。

　　"太好了！我就知道你会这么说。不瞒你讲，我也非常想看这次的法兰西喜剧院的表演。"

涂粉色口红的双唇，露出了洁白美丽的牙齿。

巴黎之行的谈妥，无疑令她松了口气。我压根儿不在意她是演戏还是找借口。总之咱俩的利害关系完全一致。

我露出深情款款的微笑。

"星期六就住在巴黎吧，玩得尽兴点儿。偶尔也要回归单身时代，放肆一把嘛。"

这下周末的自由得到了保障。

不过，如此一来，我也有一堆要准备的事情。

星期五傍晚，从村公所下班回家后，我把让－路易叫到了书房。

"您找我有事儿吗？"

出现在书房门口的让－路易依然低着头，用低沉的声音问我。

我招招手，他便默默地走了进来。

他走到我的书桌前，就一声不吭地站在那里，跟古罗马的奴隶一模一样。

"科雷特的事情处理得怎么样了？"我问道。

科雷特是戈拉兹德家的佃农，已经欠了两年的地租。家里一共七口人。好像三年前父亲因病卧床，母亲和五个孩子陷入了窘迫的境地。最大的女儿才十六岁。我们自然无法从这样的家庭征收太多。

让－路易也没有去催促，可就算如此，也不能一直放任不管。不管在哪个村子，佃农都得时刻注意地主的脸色。地主脸色好，他们的尾巴也就翘上了天。而且这还是种传染病，转眼间就会在村里传播开来。

让－路易今天下午去了趟科雷特家，表面上是视察现状，其实也有牵制附近佃农的用意。这个人在这方面应该做得滴水不漏。

"父亲一病不起，估计快不行了。"

"这样啊。那以后打算怎么办？"

"儿子快十五岁了，好像打算努力干农活。父亲走后，母亲反而更轻松，我觉得可以再等一段时间，等他们走上正轨。"

"可以，交给你了。"

我同意得很爽快。

"对了，让－路易，你这周末有什么安排吗？"

我刚一问出口，让－路易浅黑色的脸庞就出现了阴霾。

周末只要没什么事儿就可以休息，但基本上，让－路易没有一个休息日是安宁的。杜邦夫人也一样，对以前的佣人来说这样很正常。

但我估计他这周末没事。让－路易表情疑惑地看着我。

"你要是有安排了，也没什么。"我补充道。

"如果可以，明天下午我想去芄休住一晚。请问您有什么事儿吗？"他说得小心翼翼，"卢克让我周末去帮忙改装店铺。"

这样子啊——我明白了。

让－路易的发小就住在芄休，离拉博里有三站火车的距离。尽管是个无聊的普通乡镇，但说到附近哪里勉强凑齐了剧院和闹市，就不得不提芄休了。我记得卢克在芄休开了家酒店。虽说是酒店，门面其实非常小，改装靠自己也能完成。

这正合我的心意，不用担心星期六有人打扰了。

"不，就这样吧。也不是什么急事儿，完全可以下周再弄。你慢慢来吧。"

我轻轻挥了挥右手，让－路易如释重负地向我低头行礼。

*

当天——关键的星期六晚上——我与勃拉姆斯的室内乐度过了一段漫长而庄严的时光。

万籁俱寂的幽暗宅邸中，只有我的卧室充满了光亮与声音。这一刻叫人幸福至极……我沉浸在喜悦中，侧耳倾听时而昏暗沉重、时而撕心裂肺的弦乐声。

如果可以，我想一直这样听到早上，可杜邦夫人醒得早。在时钟指向凌晨两点前，我把唱针放在了最后一首歌的唱片上。

第一小提琴奏鸣曲，别名《雨之歌》。在勃拉姆斯为数不多的室内乐中，这是我特别喜爱的一首作品。即使因忧郁的情欲闷闷不乐，也依然沉浸在甜美的回忆中，旋律便是给人以这样的感觉——我觉得世上再没有人比我更适合欣赏这首乐曲了。

一位小鸽子般的少年正静静地躺在我的身旁。他的双肺已然忘记了呼吸。我凝视着他的模样，除了我的呼吸声，再无其他东西扰乱这丰饶的音乐空间。

皮埃尔的脸又尖又细。稀薄的棕色头发贴在额前，使人想到了玉米须。纤细硬实的手腕也跟我想象中的一样。不过，或许是因为搞运动的缘故，他身材虽然苗条，却意外的结实。

成人后随着年龄的增长，此前品味过的快乐与痛苦会化为无法消失的皱纹，浮现在人的皮肤上。偶尔的固执和怨念也会变成深深的皱纹刻在脸上，不管身上穿什么样的衣服，肉体也藏不住此前的罪恶人生。

然而，眼前的这具肉体是多么的纯洁美丽啊！相貌的美丑，在这无与伦比的光滑肌肤前根本不值一提。

假如可以，真希望时间就此停止，可没空再磨蹭了。我开始了行动。

和上次一样，我先爬上三楼，把空箱子从阁楼里搬出来后，再用绳索运到地下室去。步骤也完全一样。

从上面往下望去，螺旋楼梯的空洞依然像无底洞一般深邃幽暗。从螺旋底部升起的冷气，仿佛微微带着亨利·纳瓦尔的腐臭味儿，我不由得颤抖起来。

我直接下到一楼，走向"长辈房"。从衣柜的秘密抽屉里拿出钥匙后，再次回到皮埃尔所在的卧室。

皮埃尔就静静地睡在我的床上。这静谧的存在仿佛与一切媚态、奉承绝缘，好似一尊东方佛像。我抱起他，由于骨骼比亨利更为结实，所以四肢重得出乎意料，抱起来有些困难。

我几乎是拖着脚溜出卧室，朝螺旋楼梯走去。我慢慢走下楼梯，每一个台阶都在留意脚底。被选中之人的灵堂——皮埃尔的归处就在那里。我心潮澎湃，可没必要着急。只管安静、扎实地完成工程就好。我上气不接下气，但总算平安地下了楼。到这儿就算告一段落了。我重新抱好皮埃尔，地下室的门已近在眼前，而就在此时，我猛地回过头去，一个如雕像般伫立在螺旋楼梯上的女人映入了眼帘。她全身上下都是丧服一般的黑色衣服，右手搭在胸口，手中握着的无疑就是《圣经》。

那女人目不转睛地俯视着我——她正是杜邦夫人。

＊

和马蒂厄先生聊完天后，一阵强烈的疲劳感向我袭来。

星期六我几乎彻夜未眠，昨天星期日一早就忙着搜寻皮埃尔。傍晚又去车站接从巴黎回来的安东尼娅，把她送到戈拉兹德宅后，晚饭也没吃便回到了村公所。兰斯夫妇也加入了进来，我们就信息搜集和今后的方针讨论到了深夜。不用说，为了安慰号啕大哭的兰斯夫人，我们耗费了大半的时间与精力。

星期一上午，这周才刚开始，我就有点儿头晕，为了避免情况加重，我决定提前回家。反正皮埃尔事件只能交给警察了。

"保罗，你脸色确实不好。昨天累到了吧？就别担心工作了，好好休息吧。"

我申请早退，马蒂厄先生爽快地同意了。

一看镜子，发现自己跟死人一样面无血色。

回到家里，安东尼娅也不在。今天她被邀请参加戈达尔夫人的午宴。村里出了大事儿，戈达尔夫人还在找人商量复活节的义卖会，真是优哉游哉。率先打破摩西十诫的女人竟致力于教堂的慈善活动。喜爱教堂的戈达尔夫人固然是个笑话，但如果能帮安东尼娅解解闷，倒

也不坏。我强忍着头晕和恶心感，把车开回了戈拉兹德宅。

"我有点儿不舒服，就不吃午饭了。下午在房里休息，在我叫你之前，别来吵醒我。"

我对在门口迎接的杜邦夫人说道。

"知道了。"

她的回答跟平时没任何区别。

"等安东尼娅回来了，也这么告诉她吧。"

"好的。"

平淡的声音如今已升华为她的人格，抹去了话语中的全部感情。

昨天凌晨，在旁边注视着我一举一动的杜邦夫人，最终还是一句话也没说。即便那是她爱我的证明，我的心也摇摆不定，不知该如何承受。

*

我想起了三年前，母亲露易丝·戈拉兹德离世的那天。

准确地说，她不是我的亲生母亲，而是被安上了这个身份。当时我二十二岁，从巴黎的大学回家过暑假。

母亲一直为慢性失眠所困，常年服用安眠药。道恩医生告诉我，是过量的安眠药夺走了母亲的性命。她并非自杀，怎么看都是误服安眠药造成的中毒。这是官方得出的结论。

折磨母亲的，是长年的孤独与病魔。这点毋庸置疑。可实际上，致命的一击又是什么呢？

那天，我有急事儿必须赶回巴黎，便在清晨六点进入了母亲的房间。平常，杜邦夫人习惯在六点半往母亲床边摆一杯提神牛奶。出发前，我突然想跟她打声招呼。

我不知道母亲是否真心爱我。但对她来说，在家中能敞开心扉的人只有我这个儿子，对我来说也一样。我记得在这座阴郁而又古怪的宅邸中，只有她身边总是萦绕着安详而平凡的空气。

我敲了门，但没人回应。

也许还在沉睡。亲子之间不讲客气，我随手开门进了卧室，却发现床上躺着已经断了气的母亲。

"妈妈！"

然而，惊愕与恐惧抹消了我的呐喊。

床头柜上有一只沾着热巧克力的马克杯——母亲安静地躺在狭窄的单人床上，显得孤独无助又瘦弱。

家里一片混乱，有人赶紧打电话给道恩医生。但她显然已经没救了。

而道恩医生抵达前，我在母亲的尸骨前同杀人犯进行了对峙。

杀害我母亲的那个女人，手里拿着刚在浴室里洗干净的马克杯。里面曾装着母亲睡前爱喝的热巧克力，原本应该在她早上送牛奶的时候收拾干净的。床头柜上故意摆着放安眠药的空盒，以及剩有少量水的玻璃杯。

当时，杜邦夫人也是一言不发。就好像昨天的我一样——她用沉默的盔甲武装自己，傲然地看着我。

而我也跟昨天的杜邦夫人一样，没有去揭发残忍的杀人犯，而是选择当沉默的共犯。

　　*

头晕没有消停的迹象。我准备在床上睡一会儿，可一躺下，头晕就越来越严重。

我突然想起安东尼娅总说自己头晕，身边常备巴黎医生开的特效药。

我小心翼翼地爬起来，尽量不晃动脑袋，慢慢穿过卧室（兼起居室），打开通往安东尼娅房间的门。平常安东尼娅不在的时候，我都不会进入她的卧室，可情急之下迫不得已。我笔直走向了梳妆台。梳妆台的下面和两侧共有九只抽屉。我记得她把常备药收在了左上角的抽屉里。

与她的外貌截然相反，安东尼娅并不擅长整理收拾。出门时脱掉的衣服就扔在宽敞的大床上，化妆品、饰品、梳子等杂物胡乱堆在大大的梳妆台上。

我打开左上角的抽屉。这里也塞满了各种小瓶子、小盒子。看样子，我乱翻一下她也不会发现。

寻找熟悉的头晕药时，我发现了一件不可能出现的东西，整个人都惊呆了。

不可能出现的东西——盒装的避孕工具。

2月14日　星期三

这一天终于来了。

杜邦夫人下午会离开戈拉兹德宅。

"太太，明天下午我想请假。有事儿要去拜访亲戚家。"

昨晚，把矿泉水送来卧室时，杜邦夫人不紧不慢地提出了这件事儿。

似乎已得到保罗的同意。算是单方面的通知。

"哦。那你几点回来？"

"最早也得晚上八九点。我已经交代了席梦，如果有什么事儿，请您吩咐她。"

"也不用急着回来，你大概都没有休息日吧。偶尔可以放慢节奏。"

"那我恭敬不如从命。"

面无表情，语气生硬。虽然傲慢的态度一如既往，可我不觉得窝火。

期盼已久的机会终于来了。既已知道杜邦夫人是保罗的亲生母亲，那我千万不能让她产生怀疑。我决定等到两人都不在家的时候再搜索书房。

就算有通勤女佣，她们也不过是群小姑娘。没有絮叨的管家盯着，估计都乐翻天了吧。席梦好像是其中的老手，但跟她傻乎乎的外表一样，远不算什么聪明人。

而且，二月六号开幕的冬奥会成了全法国的焦点话题。厨房隔壁的女佣专用间也有电视机。反正没什么事儿，我猜她们不会在家里瞎转悠。

把回来吃午饭的保罗再次送出门后，我立马开始了行动。如我所料，厨房隔壁传来了电视节目声和女佣的欢呼声。我慢慢走上了螺旋楼梯。

书房在保罗卧室的旁边。这里和卧室一样，可以从南面的窗户望见门外的广场。恰好便于秘密搜索，即使保罗突然回来，我也能听到车声而立刻撤退。

书房平时没有上锁。我果断地推门而入。

虽说比主卧小，但整个房间给人以明亮的印象，或许是朝南的缘故。四面墙壁的上方装饰着戈拉兹德历代当家与家人的肖像。

主要的家具有面向窗户的大办公桌和四个矮书架。书架上似乎放着房产方面的文件。有些看起来年代久远，纸上全变成了浅棕色的斑点。在我跟前，是用于商讨事务的接待沙发，还有四个贴着墙壁的高大书架。除此之外，再没有其他像样的家具了。

我小心地抽出塞得严严实实的书籍和文件，检查后再放回原处。这项工作得绷紧神经。一不小心就可能留下致命失误。什么都还没开始，我却已经打退堂鼓了。

办公桌旁有个小金库。保罗还没告诉我钥匙在哪儿，也没告诉我密码是多少，所以没办法打开。不过，金库开关频繁。毕竟里面保管

着现金、支票和各种合同。在保罗住院时，肯定是由让－路易掌管金库。怎么说他都不会把秘密钥匙藏在这里吧。

总之，我不能犹豫。我决定从办公桌开始。幸好搜索卧室的事情没有败露。事已至此，我只能前进。

当我过度专注于一件事情的时候，就会看不见四周，像是被扔进宇宙的恒星一样。时间不知不觉过去了快三十分钟。

我丝毫没注意到书房的门开了。

"太太，您在这里做什么？"

紧张的声音传入耳中。

是让－路易。

*

"让－路易。"

我关上办公桌的抽屉，然后转过身去。

出乎意料的状况令我一时语塞。

定睛一看，保罗的忠实看门狗已经愣住了，他一只手握着门把手，一只脚刚踏进书房。脸上的神情不像在责备，更像是疑惑。

我赶紧转动脑筋。

必须设法利用这一状况。

"能帮我关门吗？让－路易，你来得正好，我有话要跟你说。"

我努力发出冷静的声音，可句尾仍然有些颤抖。

"是，太太。"

让 – 路易顺从地点点头，静静地关上了门。

他一言不发地走到了接待沙发旁边。就态度而言，起码看不出对我的明显敌意。

前当家埃德蒙·戈拉兹德先生对让 – 路易有救命之恩。我想起了前些日子道恩医生说的话。道恩医生不否定让 – 路易可能对戈拉兹德家心怀恨意。他对保罗的恭顺态度是装出来的——我的直觉说不定是准的。并且，保罗是在心知肚明的情况下玩弄让 – 路易的忠诚。

当然，让 – 路易也不一定是我的同伴。这我清楚得很。可就算如此，也有赌一赌的价值吧？

我坐在了接待沙发上。

"你也坐下吧。"

我用右手指着对面的沙发。

让 – 路易看起来有些迟疑，却还是老实地坐了下来。

"你已经知道我在这里做什么了吧？"

面对我的提问，让 – 路易依然沉默不语。

或许在犹豫该怎么回答吧。

我发起攻击。

"不瞒你说，我在找地下室的门钥匙。"

让 – 路易仍旧一脸疑惑。

我露出温柔的微笑。

最好让他知道，我不是他的敌人，反而可能是他的同志。

"你能想象，我为什么要跟保罗结婚吗？我知道村里人都是怎么

115

说的。然而，我既不是被保罗的容貌所吸引，也不是贪图他的钱财地位。我只是为达成自己的目的，才选择了结婚这一手段。我来拉博里就是为了探索与复仇。"

让－路易眉头微锁。

"我最爱的人，应该就在戈拉兹德宅的地下室里——你知道这意味着什么吧？无论如何，我都要进入地下室。为此，你的帮助必不可少。"

"太太为什么要跟我说这些？"

声音跟平时一样低沉。

"因为我相信你肯定会站在我这边。"我直直地盯着他的眼睛，"你心里肯定是一样的想法。让－路易，你老实回答，你的至亲是不是也被埋在那片地下墓穴里？"

感觉他头一次出现了动摇的神色。

"太太，您在说什么呢？"

比起提问，这更像呢喃。

"你被前当家埃德蒙·戈拉兹德先生救了一命。否定也没用，我都知道。要不是他，你现在也被水泥埋进了地下室吧？"

让－路易眼神闪烁。

确认这一点后，我乘胜追击。

"埃德蒙·戈拉兹德先生是你的救命恩人，你觉得他儿子有恩于你也正常。可反过来说，你原本也是他们的敌人吧。你是什么人，我不清楚，但你并没有忘记对戈拉兹德家的仇恨吧？"

让 - 路易没有回应。

他只是死死地盯着我。此前的他从未这样过。

"所以有件事情得请教你，我无论如何都要弄到地下室的门钥匙。它大概就藏在这间书房的某个位置。如果你知道在哪儿……"

"我不知道。"他没有让我说完，"不过，太太您究竟是什么人？而且您有个很严重的误会。封锁地下室门的人不是保罗先生。它是二十四年前被前当家埃德蒙老爷关上的。为了永远封印那座可怕的地下墓穴——门钥匙当时就扔掉了。"

他的语气十分坚定，仿佛在谴责我一般。

浓眉下的棕色眼瞳暗光闪闪。

"我是什么人，现在还没到公开的时候。"

我毅然决然地说道。

要是输在这里，那一切都完了。

"但就算不知道这些，咱们也可以互帮互助。难道不是吗？"

让 - 路易好像在沉思。

站在他的角度，会犹豫并不奇怪。假如我是让 - 路易，也不会轻易同意如此危险的提议。

然而，他似乎做好了决定。

"好吧。"

开口时的让 - 路易判若两人。

"我很乐意互帮互助。不管真实身份如何，您的决心也不会有假。可我有个疑问：您认为钥匙在这间书房里的根据是？"

"我已经搜过了保罗的房间。那里没有。"

"但是,这里也确实没有。这间书房里没有任何我不知道的东西,哪怕是一张纸片。"

"你挺有自信的嘛。保罗就这么信任你?"

"不,应该说恰恰相反。"

他的措辞中透着智慧。

"难不成你也找过钥匙?"

我不禁提高了声音,他却默默地摇了摇头。

"没有。但出于某个原因,我确实把这间屋子搜了个遍,不光是桌子和书架,连肖像背面和家具下面都找过了。如何,您惊讶吗?"

"你在找钥匙以外的东西?"

"关于这件事儿,还没到向您坦白的时候。"

让-路易露出了大胆的笑容。

他接着问道:"对了,太太,您就没想过,通往地下室的钥匙或许已不复存在?"

"没有。"

我一口咬定。

对此我信心十足。

"二十四年前,地下墓穴被埃德蒙·戈拉兹德先生给封死的消息,是戈拉兹德家顺势编造的谎言。最有力的证据,就是最近还有人出入地下室。"

"真的吗?"让-路易屏住了呼吸,"您为何如此断言?难道说,您看到有人在地下室了？"

"可惜我没有。"

这下轮到我露出大胆的笑容了。

"在昏暗的灯光下，从螺旋楼梯往下望，只能隐隐看到黑暗的地狱深渊，但咱们可以用强光手电筒呀。让－路易，你知道我最先干了件什么事吗？我把一枚法郎扔进了那个螺旋空洞。地下室的底部比我想象的深多了，连地板也没铺。硬币垂直落下，掉在了里面。后来，不管我什么时候往下看，黑暗的底部都能反射手电筒的光芒。

"但等我从巴黎回来后，你猜发生了什么？法郎消失了。而这意味着什么呢？在我离开期间，有人悄悄溜进了地下室，还不小心踢走了硬币。"

"这怎么会！"让－路易呻吟道。句尾有些颤抖。

我正面对着他。

"真的。我说谎有什么好处？假如我离开的时候，有人进了地下室——且那个人不是你，那结论只有一个：保罗趁我不在的时候进了地下室。"

让－路易没有立刻回答我。

从刚才起，他的视线就一直定在半空中。

最后他一脸苍白地喃喃道："太太，您知道这意味着什么吗？"

我不懂他提问的意思。

"意味着什么……"

让－路易凝视着困惑不解的我，尖锐的目光不禁令人颤抖。

随后，他用紧张的声音告诉我："这座房子里，又开始杀人了。"

*

"您知道最近拉博里村闹得沸沸扬扬的失踪事件吧？"

让－路易压低了嗓门。

我们原本隔着茶几，可不知何时两人的头凑到了一起。

"知道。"

我点点头。

好像是村里的少年接连失踪，听说还进行了大规模的搜索。可老实说，我对村里的事情不怎么关心，脑子里全是自己眼前的问题。保罗在村公所上班，按理说我应该能听到各种消息，可我们几乎没谈及此事。

"那您也知道失踪的都是十几岁的少年吧？"

"当然。可这件事不会跟戈拉兹德宅有关系吧？"

"您觉得没关系？"

让－路易再次凝视着我。

"第二起事件也发生在您离开戈拉兹德宅的时候。这难道是偶然吗？"

我脖子上感到一阵凉意。

"你的意思是，保罗杀害了他们，把尸体搬进了地下墓穴？"

我也压低了声音。

让－路易的眼神好像狰狞了一瞬。

"否则无法解释他为何要趁您离开时悄悄溜进地下室。要处理尸体，地下室是最方便的地方。连警察都不敢踏进戈拉兹德宅。只要把尸体装进木箱、填上水泥就可以了。完全不用担心被人发现。我说得不对吗？"

他似乎不想对保罗用敬语了。

"假如是这样，动机又是什么呢？保罗为何这么做？"

"可惜我并不知道。但老实说，我从前就觉得保罗先生举止可疑。这样我有些明白了，现在只能肯定，他是个变态杀人狂。"

让－路易绷紧了浅黑色的面颊。

"要是这样，咱们就没时间磨蹭了，得赶紧开始行动。"

"你打算做什么？"

"先搜索杜邦夫人的房间。她是戈拉兹德宅的主人，家里的每个角落都在她的掌控之下。无论是谁，把尸体搬进地下室时都不可能躲过她的眼睛。杜邦夫人肯定是保罗先生的帮凶。"

"你知道她是保罗的亲生母亲？"

"当然了，在这座房子里进进出出的人都知道这件事儿。正因如此，她才能在埃德蒙老爷死后仍是一副女王做派。我觉得地下室的钥匙也可能不在保罗身上，而是在杜邦夫人身上。"

"确实。你发现盲点了。但她的性格非常谨慎，外出时应该上锁了吧？"

让－路易扬起了嘴角。

"有可能。但这不是问题，我有备用钥匙。"

他立即起身走到办公桌旁，果断地从最底层的抽屉里拿出一只小皮箱。打开盖子，里面存放着二十多把带牌子的钥匙。

我还没搜到这里。不过，里面应该没有地下室的钥匙吧。

让－路易从众多钥匙中取出了一把挂着黄牌的黄铜钥匙。他轻轻合上盖子，小心地放回了抽屉里。

不愧是为戈拉兹德家处理事务的人，手法非常熟练。

"走吧。"

他的语气不容分说，我也慌忙站起身来。

我与让－路易的共犯关系，以这般意想不到的形式达成了。

＊

离开书房后，我们直接前往杜邦夫人的房间。

暖气虽说有效果，但这毕竟是座老建筑。刺骨的冷气穿过厚厚的石墙渗入走廊。小小的玻璃窗外飘着灰色的雾霭，法国冬季的潮湿空气缠绕在尼龙薄靴的四周。

二楼除了杜邦夫人的卧室和工作室，还有六间客房。这也是戈拉兹德家繁盛时期留下的痕迹吧。到了保罗这辈，几乎没怎么用到它们。

幸好走廊和工作室里都没有女佣的身影。她们好像还在看奥运会的直播。

杜邦夫人果然上了锁。让－路易从口袋里掏出刚才的钥匙，与钥匙孔完美吻合。他默默地打开门，让我先进去。

杜邦夫人的房间跟隔壁工作室一样，也是面朝北方，能从窗户望见整个后院。可以坐在屋里监督仓库、库房、垃圾焚烧炉、洗衣棚的工作。这样一来，女佣们哪敢掉以轻心。

起居室跟其他客房似乎完全一样，包含了带套间的卧室和浴室。空间大小和家具自然远超佣人房间的档次，可每件用品倒也符合她严谨、忠诚的举止，没发现一样例外。

唯一醒目的只有埃德蒙·戈拉兹德的照片，它被裱在了华丽的金色相框里。

"女王的生活真朴素。"

我轻轻叹了口气。

保罗好歹是我丈夫，这跟进他的私人房间终归有别。为了目的也是无可奈何，但我依然心情沉重。

"物质上的朴素不代表性格上的朴素。"

"也是啦。"

我环视了一圈。

所有物品都摆放得井然有序。总之，这个房间给人的印象便是如此。

家具有床、床头柜、梳妆台、衣柜、小书桌、椅子、小书架，再就是套间里的壁橱了。不过，要找藏起来的东西，还是得留心床下、装饰框背面和浴室。

"从哪里开始呢？"

从刚才起，让－路易就在用尖锐的视线扫视着房间的每个角落。是什么样的热情驱使他走到了这一步？仅仅是对二十四年前被肃清的

家人的思念和内疚？我有点儿拿不准了。

"先搜梳妆台吧。下一个搜书桌？"

"好，就这么办。"

让－路易顺从地点点头，表情却略显焦虑。

"您一定要小心。她跟她儿子一样，是个非常敏感的人。要是发现有人进来过，她会把钥匙和证物都扔掉的。"

"别担心，不会出问题的。"

我回了个自信满满的微笑。

自我暗示有时也是有力的武器。

"我的性格看起来挺粗枝大叶的吧，其实我非常细心啦。"

可让－路易仍然小心翼翼。

"自负可能会要了您的命。请别忘了对手是杀人犯和他的母亲。"

我望向让－路易，发现他正目不转睛地看着我。

我从他脸上看到了一丝淡淡的哀愁。

"您很像我曾经深爱的女性……她年轻快活，跟您一样乐观。"

呢喃的声音小到我几乎听不清。

"那么开始吧。必须在保罗先生回来之前搞定，没多少时间了。"

让－路易也不管我的反应，只说了这么句话，便快步走向梳妆台。

*

我们搜索了约一个小时。

工作已进入尾声。就算我们想搜索，这里也没有"东西"让我们搜了。每样物品都十分简朴，而且摆放得整整齐齐。衣柜里也只有夏装和冬装，每样五六件。大部分还是低调的黑色或灰色。杜邦夫人就跟她的外表一样，是个朴实、刚健的女人。

虽说是大地主，可毕竟不是贵族，日常生活自然过得朴素。情人女佣就更不容许奢侈了。从少女时代起，杜邦夫人一定每天都忙着干繁重的家务活，因而得到了埃德蒙·戈拉兹德的赏识，被委以管家的工作。

果然没有……投降的念头跟疲惫感一起涌上心头。仔细一想，今天从早上起，我就一直处于精神紧绷的状态。

正在此时，我发现套间壁橱的角落里藏着一只小小的珠宝盒，是只棕色的小皮盒，被收在旧烛台、鞋盒等物品的后面，突兀却又不显眼。

"让－路易，这是什么呀？"

我拿着珠宝盒，轻轻打开了盖子。

盒子里有一枚带金链的珍珠十字架。十字架设计得很简洁，共有十一颗珍珠，还镶了几颗小石榴石。珍珠的直径约为五毫米。石榴石小小的，但每一颗都没有瑕疵，闪耀着高级的光泽。如果是贵重物品，应该不会被塞进壁橱的深处。除了它精巧的做工，刻在项链别扣上的文字也吸引了我的眼球。

埃德蒙赠予心爱的克里斯汀

我拿在手上端详，发现上面确实是这么写的。

克里斯汀是什么人？难道是埃德蒙早早离世的妻子？可为什么东西在杜邦夫人这里？

我还没把疑问说出口，"这是！"让－路易就发出了奇怪的叫声，从我手中飞速抢走了项链。

那张本就暗沉的脸变成了青黑色，还有些抽搐。

"怎么了？"

我问了也没反应。

让－路易把项链托在掌心，凝视着它的细节。

"这个怎么会在这里？"

终于能听清他的喃喃低语了。

接着，颤抖的嘴唇说出了无声的话语。

"原来如此……"

嚅动的双唇这样说道。

"到底怎么回事儿？"

可让－路易没有回答我，只是轻轻地吻了吻项链。

令人惊讶的是，他的双眼饱含着泪水。

"让－路易，你振作点儿！搜索还没结束啊。"

我狠狠训斥道。

这种时候还是狠一点儿的好。

让－路易慢慢转过头来。那张脸在任何情况下都显得冷傲不逊，此刻却因无尽的悲哀而扭曲。

"对不起。"让－路易低下了头，"侦探游戏到此结束，没必要继续调查了。我已下定决心，接下来只管执行计划。"

说完，他把项链塞进了外套的胸前口袋里。

"你做什么？得放回原处啊！"我忍不住大声叫了起来，"要是杜邦夫人发现项链失踪了，你觉得她会怎样？"

可让－路易不为所动。

他缓缓地摇了摇头。

"不用担心，珠宝盒我会放回原处的，这样就没有问题。事已至此，留给杜邦夫人的时间不长了。"

"让－路易！你知道自己在说什么吗？"

他没有回答，只是直勾勾地看着我。

"太太，现在我们应该齐心协力才对。即使不了解彼此的底细，也可以相互信任、相互利用。我们只管各尽其责，实现自己的目的就好。您不觉得吗？"

冷酷的眼神让我不禁一颤。

"我的目的是进入地下室。你能帮忙吗？"

"当然。"

让－路易点点头。

"可你要怎么帮？难道为达目的不择手段？"

我的声音沙哑了。

留给杜邦夫人的时间不长了——我害怕思考这句话的含义。

"我再说一次，他们是杀人犯，短短几周内就杀了两个少年。在我们做这些事儿的时候，也可能出现新的牺牲者。然而，消极主义的

警察绝不会踏进戈拉兹德宅一步。

"调动警察的方法只有一个，我们得制造事件，逼迫他们进入这里。还好地下室并非完全封闭的。就算楼梯被锁住了，螺旋楼梯的巨大空洞也在张着嘴等待我们。不觉得我们只能利用这一点了吗？"

他语气冷静，声音里却充满了坚定不移的决心。

"你要用螺旋楼梯的空洞做什么？"

我战战兢兢地问道。让－路易的嘴角露出了微笑。

"我要在地上与地下室之间架一座连接阴阳两世的桥——引导我们奔赴黄泉的桥梁。为此，必须让杜邦夫人主动帮我们一把。"

"好吧。"

连我都不敢相信自己说的话。

情感抢在了理智前面。

"我不晓得你准备干什么，但还是相信你。不过，可以问你一件事儿吗？克里斯汀是谁呀？"

让－路易慢慢地点点头。

"是埃德蒙·戈拉兹德老爷的夫人。很久以前就去世了。"

果不其然。

这么说，在夫人死后，埃德蒙·戈拉兹德把她的遗物送给了情人杜邦夫人？不，难道说……而且，克里斯汀·戈拉兹德的死因是什么？

"她怎么去世的？"

"不是只有一个问题吗？好吧，我明白您的想法，可克里斯汀太太不是被杜邦夫人所杀。据说死因是扩散到全身的乳腺癌。我也可以

2月 14 日 星期三

提一个问题吗？"

他在巧妙地讨价还价，我不由得警惕起来。

"可以，什么事儿？"

"您是出于某种明确的目的，才跟保罗·戈拉兹德先生结婚，并来到拉博里——当然，事情肯定不止这么简单。您应该多少做好了冒险的心理准备。到这里我都明白。职业间谍我还能理解，可您这样的年轻女性竟愿意献身给敌人，实在超出了我的理解范围。我觉得其中定有什么企图，到底是怎样的呢？"

必须承认他的问题挺尖锐的。

"问得好。你无法理解也不奇怪。"

我轻轻耸了耸肩，表示自己投降了。

"大家都知道，在英国的那场车祸后，保罗被迫接受长期的住院治疗，但很少有人知道，他身上具体有哪些损伤。原因在于本人和医生都有意隐瞒事实。

"车祸损伤了脊髓，后遗症便是保罗丧失了生殖功能。而这一打击，又使他出现了精神问题。也就是说，他进入了漫长的抑郁期。说到这儿，你明白了吧？他娶心理医生为妻的理由，以及我跟他结婚的理由……保罗需要靠谱的心理医生，且身为戈拉兹德的当家，哪怕是形式上的婚姻，他也得保住体面。能够满足这两点的女性，就只有我了。"

"这样子啊……"

他肯定是第一次听说，听声音是真心感到惊讶。

"可就算不睡一张床，我们也是夫妻。要说我不害怕，那都是骗人的。不过，保罗虽是敌人，却不会直接加害于我，他也是个聪明有教养的绅士。为了达成目的，跟他一起生活也不是不可能。"

"况且他还有钱。"

"对，我不否认这一事实。我可不会把他人的妄自揣测放在心上。我有信心，自己绝不会被金钱和地位蒙蔽双眼。"

让–路易突然叹了口气。

"您比我想象中的聪明多了。可是太太，即便理解了您的立场，我也很难理解戈拉兹德先生的想法。"

"是吗？"

"您想想，假设您是戈拉兹德先生，您敢相信如此迷人的女性会主动放弃正常的婚姻生活吗？您要是有这个心，任何男人都不在话下呀。只要不是大傻子，都会怀疑其中有什么阴谋吧？何况他是个心思敏锐的人。您究竟给他施了什么法术？"

"不是只有一个问题吗？"我反问道。

不过，我早已下定决心。好不容易走到这一步，我只能奋勇前进了。

"行，我就好心告诉你吧。答案其实非常简单：我只爱女人。这也没什么稀奇吧？保罗表示理解呢，包括我经常去巴黎见女友们。"

"原来如此，利害关系一致的理想夫妻啊。"

让–路易露出了微笑。

眼神妖冶。

"您就是这么说服戈拉兹德先生的啊。确实很妙，可惜这并非事实。"

"你说什么！"

我大吼道，可他却不为所动。

"看样子，您并不知道电话室里的小房间是我的休息处。以前那是间等候室，用来给访客的仆人休息。戈拉兹德宅安装电话时，把那片区域用板子围了起来，做成了电话室。

"不过，您别担心。虽然您在偷偷跟人打电话，但我不会说出去的。"

这一瞬间，决定性的主导权被他抓住了。

让－路易正面俯视着哑口无言的我。深棕色的卷发贴在额头上，眼神严肃认真。

"既然事情已经谈妥，咱们来想想怎么执行计划吧。你我携手可谓天下无敌，完美犯罪也不是梦。"

让－路易胜券在握的话语渗入了安静的起居室。

无可名状的恐惧支配了我，我无言地点了点头。

2月19日　星期一

　　萨姆森·菲利普的律师事务所位于写字楼的一层，离巴黎第八区的巴黎大皇宫很近。从香榭丽舍－克列孟梭地铁站走过去只要三分钟。地理位置绝佳，当然每月的租金也不少。

　　我急着找律师商量土地管理的事情——虽不全是假的，但也不全是真的。今天我向村公所请了假，一大早就开车来到了巴黎。

　　同样位于巴黎第八区的普莱耶音乐厅，是我在巴黎大学念书时就很熟悉的地方，今晚有巴黎音乐学院管弦乐团的演奏会。如果明天也请假，我就能享受久违的现场管弦乐了，可这实在难以启齿。

　　亨利·纳瓦尔跟皮埃尔·兰斯的失踪事件依然找不到线索，马蒂厄先生也心急如焚。

　　　*

　　"我明天必须去巴黎找萨姆森商量案件。当天去当天回，时间还蛮赶的，你要一起吗？"

　　昨天，我随口邀请了一下安东尼娅。

　　这就是张简单的石蕊试纸——你猜怎么着，安东尼娅皱起美丽的眉毛，忧郁地摇了摇头。

　　"可惜我明天没空，预约了理发店。"

　　她嘴上是这么说的，嘴角却露出了花蕾般的微笑。年轻的肉体散发出清冽的香气，也难怪男人像被花蜜吸引的蜜蜂一样蜂拥而至。

　　和安东尼娅结婚以来，我感觉心里第一次涌起了对妻子的憎恶。

　　"但是可以取消吧？"

　　我继续坚持。

　　"不行呀，毕竟是我硬让对方挤时间的。你瞧，头发都这么长了。"

　　她优雅地捏起一撮头发。

　　果然被我猜对了。假如她的情人是巴黎男子，和我一起去巴黎就是单纯地浪费时间；假如不是，陪我过去仍是浪费时间。

　　＊

　　萨姆森是我在大学时候认识的。

　　他已逝的父亲是位知名律师，而他彻底继承了父亲的事务所，年纪轻轻就有不少优质顾客上门惠顾。他不仅外貌潇洒，对人际交往也是得心应手，很适合服务业。与从小背负家庭重任、成年后必须娶妻的我不同，萨姆森现在也过着愉快的单身生活，但不知为何，我们从前就挺合得来。

　　老实说，就算萨姆森是安东尼娅的恋人，我也一点儿都不奇怪。他是个魅力十足的男人。可另一方面，他也是个忠心耿耿的人。我觉得他不会如此轻易地背叛挚友。

　　从拉博里前往巴黎途中，我想起了与萨姆森之间的一件件往事。

　　订婚、结婚、短暂的巴黎新婚生活——我们夫妻走过的每一个阶

段，都有萨姆森在旁边关照。安东尼娅无疑是完全信任他的。在他们不经意间的小表情、遣词用句、无心之举里，就没有什么线索透漏出两人不可告人的关系吗？

不行！如果用怀疑的眼神去看，那一切就都可疑了起来。可要是萨姆森爱安东尼娅，为什么还鼓励我跟她结婚呢？

到达目的地后，我把雪铁龙停在路边，推开了楼房入口的厚重门扉。进门后左转，有一条铺着红地毯的宽敞楼梯，笔直地通往上层。阳光穿过大大的竖向长窗，令宽阔的楼梯平台看起来明亮而祥和。

这里简直跟戈拉兹德宅可怕的螺旋楼梯天差地别，仿佛象征着萨姆森·菲利普健全的人生。安东尼娅为什么没选他呢？

我缓缓走上通往一楼的楼梯，心里一直在琢磨这件事儿。

萨姆森的事务所就在楼梯的左边。推开用金字写着"萨姆森·菲利普律师事务所"的大门，只见接待处坐着一个陌生的红发年轻女子。估计是我昨天预约时负责接电话的女性吧。不知什么时候秘书换人了。

长得挺可爱的，身体和脖子稚气而娇弱，脸蛋又小又瘦，一双大眼睛骨碌碌地转来转去，让人联想起了小鹿。我还没报上姓名，她就睁大了眼睛。

"您好，请问是戈拉兹德先生吧？"

显然，她在等待我的到来。

"嗨，保罗，你好吗？"

刚听到她的声音，萨姆森便从后面的办公室里探出头来。

镜片深处能看到他那双深邃的大眼睛。无忧无虑的笑容仿佛与一切亏心事无缘。

"一般般吧。乡村生活让我一下苍老了许多。你还是那么的优雅，真叫人羡慕。"

"哪里优雅了。每天的工作多得要命。倒是你，正和新婚妻子过着和平健康的生活吧？"

萨姆森发出快活的声音。

这个男人向来如此。从不深究事情的真相，甚至都没注意到有真相这回事儿。

"只有不了解乡村的人，才会赞美和平健康的生活。不然你也去拉博里过新婚生活？我保证你三天就会投降。"

"就像不用辛苦劳动的人，才会赞美勤劳的喜悦一样。不然你也试试律师吧。我保证你三天就会投降。"

我们相视而笑，夸张地抱在了一起。

接待室就在萨姆森办公室的前面，大小约二十平方米。里面有张大长桌，足以接待十余位来客。内部装潢大气沉稳，墙上挂着昂贵的印象派油画，这都是他那位法律界实力派父亲的喜好，萨姆森本人倒是个非常现代的年轻人。

我们俩刚坐在接待室的椅子上，萨姆森就命令道："尼科尔！把文件拿给戈拉兹德先生。"

新来的秘书似乎叫尼科尔。她把文件放在桌子上，眼睛瞥了我一眼。

近距离一看，发现她没有我以为的年轻。肯定过了二十五岁。不，说不定快三十了。她有种说不出来的寂寞感，眼角刻着细微的皱纹。

"这位是尼科尔,我表姐。现在在这里当秘书。"

萨姆森介绍道。

"我是保罗·戈拉兹德。萨姆森,你都没告诉我自己有个这么迷人的表姐啊。"

听到我的客套话,他发出了咯咯的笑声。

两人完全回到了学生时代的语气。

"是吗?她今天一早就在期盼拉博里城主的大驾光临呢。放在以前,你就是这个身份嘛。"

"就算律师靠吹牛皮为生,你也给我收敛点儿吧。戈拉兹德家就是普通的乡村地主。真可惜啊,要是这位姑娘早点儿来这里工作,我就不会急着结婚了。"

听到我们的对话,尼科尔像个少女般羞红了脸。

看来尼科尔一把年纪还挺天真的。她低着头,飞快地走出了接待室。看这样子,说不定她真的在向往城堡生活。

萨姆森·菲利普的表姐兼秘书——她一定知道不少秘密吧。我必须利用这个女人。

我望着她单薄的背影,暗自思考了起来。

*

"尼科尔之前都在干吗?"

谈完工作后,我把话题拉回了尼科尔身上。

"其实她刚刚离婚。"萨姆森小心地压低了声音,"她是热恋结婚的，离婚时把孩子留给了丈夫。人消沉了好一阵子，害得我特别担心。现在终于打起了精神，就先来我的事务所工作了。"

"难怪她看起来有些寂寞。多大岁数了呢？"

"什么啊，保罗，你不会对尼科尔一见钟情了吧？安东尼娅知道后会吃醋的。"

最后他用了开玩笑的语气。

不过，其实我就等着他这么说。

"唉，实不相瞒，安东尼娅她吧……"我非常自然地切换了话题，"这月初的周末，你见过安东尼娅吗？"

"这月初的周末？没有啊。"

萨姆森一脸愕然。

"这月初的周六日，也就是二月三号和四号吧……我们没有任何联系，难道安东尼娅来巴黎了？"

"嗯。她好像说要来找你商量事情。"

我试着套他的话。

可萨姆森满脸疑惑。

"不，我们没有任何联系呀。"

话说到这个份上，他好像才反应过来。

"找我商量……不会是你们的夫妻问题吧？"

他发出了担忧的声音。

如果这是演技，那也太厉害了。当然，我也没有半点儿证据表明萨姆森·菲利普就是安东尼娅的情人。对方是道恩也不奇怪，也完全

可能是别的男人。先不说结婚吧，想跟安东尼娅偷情的男人估计十根手指头都数不过来。

我又深入了一步。

"实际上问题还蛮大的。安东尼娅有男人了。"

听到我的话，萨姆森震惊地皱起了眉头。

"你骗人吧？"

"不，是真的。"

"证据确凿？"

"没错。"

萨姆森低头沉思了片刻。

"对方是谁？"

他望着我的眼神明显有些动摇。

"还不清楚。"

"这就不能确定她真的有男人呀。"

听说不清楚对方是谁，萨姆森似乎放下心来，展颜一笑。

"安东尼娅没有承认事实吧？"

他的声音一下子开朗了。

"没有。"

"还是说，你亲眼看到她跟某个男人在一起？"

"没有。"

"那就更不确定了嘛。你是不是想多了？新婚夫妇是容易发生冲突和争执啦。"

萨姆森突然起劲儿了。

律师自然接手过离婚案件，这正是他的专长领域。

"保罗，即便是深爱彼此的夫妇，能盲目相信对方的时间也不长。最初可能只是点儿小摩擦，可长年累月下来，裂缝会越来越大。而一旦开始疑神疑鬼，对方无意间的一句话、一个眼神都会让你胡思乱想。当然，有的人直觉确实准，抓到了出轨的蛛丝马迹。可实际上，这种怀疑会在不知不觉间破坏掉夫妻关系。"

萨姆森平时就是这么劝说委托人的吧。明明是个单身汉，却说得底气十足。

"就我所知，安东尼娅挺喜欢你的。她毕竟是个年轻女孩，被其他男人奉承两句，也许是会有些飘飘然。但在她心底，她应该比谁都重视你。"

"这我也知道。"

我点点头。

"此时此刻，我也相信她真心喜欢的只有我一个。她不笨，不会没想到万一发生什么事儿，保护自己的人是谁。而且别看她那样，她其实是个非常精明的女人，不会轻易放弃现在的地位和财产。

"但正因如此，我才无法默默地看着妻子跟别的男人睡觉啊。那个男人当然得接受社会的制裁。我这么想，既是丈夫理所应当的权利，也是种义务吧？"

面对我的反驳，萨姆森似乎陷入了思考。

"何况这不是单纯的疑神疑鬼。如果没有确凿的证据，我也不会

跟别人说这些，哪怕是你。顺便一说，我们结婚以来还没吵过架，夫妻关系幸福圆满。安东尼娅是打算彻底瞒过丈夫的眼睛啊。"

认真聆听的萨姆森此时插嘴了。

"你有证据？"

语调发生了微妙的变化。

身为律师，他应该理解事情的严重性吧。

"有。但我不打算给别人看，至少在现阶段。再说，我压根儿没想过要同安东尼娅离婚。我爱她，需要她，只希望她能改正愚昧的行为而已。我们还年轻，就算有一点儿争执，也一定能重归于好。"

坚强丈夫的角色应该挺适合我。

萨姆森低头盘着手臂，最后他抬起头来。

"虽然你说不想展示证据，可真的不是你误会了吧？"

"误会的可能性不到百分之一。"我断言道，"那是决定性的证据。但萨姆森，我重申一遍，我没有离婚的打算。我要拜托你的只有一件事儿，希望你查出安东尼娅的情人是谁。"

而头号候补人就是萨姆森，实在好笑。

萨姆森露出了真心疑惑的表情。

"保罗，我理解你的感受。但作为你们夫妻二人的朋友，容我在这里说一句，我不清楚安东尼娅是不是真的出轨了。可是，如果你没打算离婚，最好停止这种无聊的追究。找律师调查妻子的品行，这就是不信任妻子的证据。信赖关系一旦破裂，就绝不会复原。

"你们该开诚布公地聊聊，听我的不会有错。若能消除怀疑，自然可喜可贺。假如她向你坦白了不幸的事实，你也要用一颗宽容的心去接纳，全都一笔勾销。"

身为朋友，身为律师，他的忠告无可挑剔。

滴水不漏的发言叫人看不见背后隐藏的情感。

我烦恼地点了点头。

"谢谢，我会试试的。确实我也有该反省的地方，突然就把尚未习惯婚姻生活的她关进了那种穷乡僻壤。我应该多体谅她的感受。"

"现在开始也不迟。对了，要不你们俩一起去旅行呢？还没度蜜月吧？"萨姆森鼓励道。

"是呢，我会考虑的。"

我回了个微笑。

*

吃完午餐，我立刻动身返回拉博里。假如安东尼娅的情人不是萨姆森，那我也得试探一下道恩。不能在巴黎消磨时间了。

一个人开车十分惬意。穿过尘土飞扬的巴黎市中心，眼前只有一望无际的田野。冬季的田园寂静无声，没有任何东西来刺激我敏感的神经。

我手握着方向盘，脑子里胡思乱想。

唯一的好印第安人是死去的印第安人。想到菲利普·谢里登将军的这句名言，我不禁放声大笑。在美国西部开拓时期，他曾于谢南多厄河谷战役中立下功绩。

好妻子是死去的妻子——但对我而言，妻子必不可少。且作为妻子，安东尼娅满足了一切理想条件。我之所以生气，不是因为她有男人了，而是她在欺骗我，还有个暗地里嘲笑我的男人。

我惬意地驾驶着雪铁龙，心却在不知不觉间远离了安东尼娅。其他事情开始占据我的大脑。不是别的，正是前些天让－路易提到的佃农——科雷特一家人。

科雷特的父亲一病不起，生活贫困不堪。可令人宽慰的是，儿子打算努力继承农业。十五岁的儿子——到底是个什么样的孩子呢？父亲虽是个邋遢人，儿子却说不准。

科雷特家的田地刚好在我回去的路上。机会不错，我决定顺路看一眼。

我是第一次来科雷特家，摇摇欲坠的小房子看起来比纳瓦尔家更为寒酸。尘埃、瓦砾与土墙融为一体，支撑着岌岌可危的屋顶。听说科雷特病倒于三年前，恐怕以前身体一直就很虚弱，无法卖力工作。

我敲了敲屋门，一位十六七岁的少女慢悠悠地探出头来，大概是家里的大女儿吧。乡村女孩的红脸蛋好似熟透的红苹果。她似乎不认识我，显得很疑惑。

"我是保罗·戈拉兹德。"

我刚报上姓名，女孩就像小猪一样瞪大了小小的眼睛。

她目瞪口呆，一言不发地缩了回去。

"哎呀，戈拉兹德先生！"

接着出来的是母亲，一看到我便发出了惨叫般的声音。

她以前大概跟女儿一样有张红润的圆脸，可长年的辛劳让她显得格外沧桑。衣服上满是污垢，褪色到甚至看不出原本的颜色，衣摆跟袖口也皱巴巴的。

她慌乱地挥了挥手。似乎想请我进屋，但在门口可以看到，室内跟室外一样尽是泥巴。房间里还弥漫着病人的气味儿，我实在不想进去。

"不，也没什么事儿。"

我赶紧挥挥手，悄悄从门口挪开脚步。

"我正好路过，就顺便来看看。科雷特的病情似乎不乐观，但你们不用担心钱的事情。让他好好休养吧。我来就是想说这些。"

"呀，先生！"

母亲再次发出尖锐的叫声。

揉搓的双手粗糙得叫人心疼，足以证明这双手经历了残酷的农活。

"太谢谢您了。"

"对了，你儿子快满十五了吧。"

我试着用平常的语气来引导。

"对，托您的福。"

母亲点了点头，向家里喊道："托马！托马！"

"儿子现在能帮点儿忙了……他以后会拼命干活的，还请您好心多给点儿时间！我们一定会报答这份恩情的。"

我敌不过农妇的央求，她还操着一口乡音。

我往后更退了一步，可看见被母亲叫到门口的托马·科雷特时，大脑霎时一片空白。

他绝不算美丽。眼睛细长，嘴唇厚实。脸上毫不掩饰对残酷命运

的敌意，甚至有种天不怕地不怕的感觉。天气寒冷，他单薄的身躯只穿了件有点儿破烂的衣服，整个人却有种狼一般的野性，浑身散发着剽悍的野兽气息。给我留下了深刻的印象，与先前见过的每一位少年都截然不同。我心中别无他想。这等珍品难得一遇。真是不虚此行。

"托马，这是戈拉兹德先生。好好打招呼。"

在母亲的敦促下，托马默默地低下了头。

他嘴唇绷得紧紧的。顽强的眼神在抗拒一切阿谀奉承。浑身闪耀着清冷的光芒，我感觉有一股电流窜过后背。

"托马，你也好好求一求先生啊。"

而我制止了母亲的一番好意："不必了。"

我直直地看向托马。

"我听让－路易说了，我不会为难认真工作的人，会一直等到你们付得起地租的，加油。"

"好的，先生。"

声音稚嫩而凛然。

我不禁露出了微笑。

今天到此为止，后面再慢慢考虑如何实施。

*

抵达道恩的诊所兼私邸时，太阳已经落山。

气温陡然下降。当然，门诊时间早已过去。道恩一身轻松，无须顾及任何人。就算跑去芃休的酒吧也不奇怪，但幸好他在家里。

鲜红的雷诺镇守在门前的老位置上。

"保罗！你怎么这时候过来？"

离晚餐还有点儿时间，但他似乎已经喝了不少餐前酒。请我进屋时，道恩浑身都是酒味儿。

"你怎么回事儿啊？喝了这么多。"

我的话可能听着刺耳，道恩恶狠狠地瞪着我。

"就是平常的烧酒啦。"

他目光呆滞。

大概被目标给拒绝了吧……难道对方是安东尼娅？不，不可能。我立刻打消了这个念头。今天的巴黎之行，我从一开始就决定当天去当天回。此刻，安东尼娅应该在家乖乖等我回来才对。

"难得来一次，要不要喝一杯？"

道恩也不管我的回复，直接从橱柜里拿出了香槟杯。

他豪爽地把顶级香槟倒进杯子里。酒瓶已经空了一大半。一边喝小酒，一边慢慢打探也不赖。

"上次的安眠药没了？"

"不是。"我右手接过酒杯，挥了挥左手，"今天是有事儿想跟你商量。"

"哦，什么事儿？"

"其实是关于我太太的事情。"

说到这里，我吞吐了起来。

我得扮演好烦恼的丈夫，必须表现得有点儿犹疑。

道恩的眼睛似乎亮了一下，莫非敌人也动摇了？不，光凭这一点还无法断定。或许只是刺激到了他卑劣的好奇心。

"最近，安东尼娅不太对劲儿。前一秒还欢欣雀跃，下一秒却突然动怒。一会儿心神不宁，一会儿又莫名惆怅。起初，我以为是因为没适应环境。可好像没这么简单……感觉她有事情瞒着我这个丈夫。我就想，她有没有跟你说过自己身体不舒服。如果只是精神上的问题，那倒还好，但万一有什么重大疾病……"我语气沉重地说道。

"我觉得那不是病，而是已婚妇女特有的症状。"道恩不愧为老手，首先来了句轻巧的敷衍，"上一秒欢欣雀跃，下一秒歇斯底里。再加上对丈夫有所隐瞒，拉博里的太太们大半能对上号。"

与拉博里大半太太关系亲密的男人如此说，那就不会有错了。

可不知怎么的，道恩的表情突然严肃起来。

"但我是个医生。哪怕丈夫找上门来，我也不能透露病人的隐私。这点你也清楚吧？"

"当然。"

"场面话到此为止。老实说，你不需要担心。夫人没找我聊什么特别的。不过，保罗……"

他透过无框眼镜，目不转睛地盯着我。

我心里不由得一阵惊慌。

"夫人是从什么时候变得不对劲儿的？"

"我想想。"

我小心地斟酌用词。

"大概一个月前吧？"

这个长度应该比较稳妥。

道恩深深地点了点头。

"如果夫人最近出现了情绪不稳定，这说不定是精神方面的原因，但原因或许更为单纯。我直接告诉你吧，她可能怀孕了。你有头绪了吗？"

我感受到了一股地动山摇般的冲击。

安东尼娅怀孕了？仔细一想，这完全有可能。为什么之前我没想到？

我忽然注意到道恩锐利的眼神，看来他酒醒了。我本打算刺探他的，可被套话的人说不定是我。

"要是真的，那我还挺高兴的。"我竭力忍住了，"可既然如此，她为什么不告诉我呢？她应该很清楚我想要个孩子呀。"

"如果性急弄错了，岂不会害你失望嘛。她大概在等一个确切的结果吧。只是……"感觉镜片深处的目光又尖锐了起来，"假如这不是怀孕的迹象，就得考虑神经衰弱的可能了。拉博里压抑的生活，也许对夫人造成了精神上的压迫。"

"她最近也在慢慢扩大拉博里的交际圈，比如去参加教堂活动。"我叹了口气，"啊，就是那群罪孽深重的妇女举办的慈善活动。"

道恩用鼻子哼笑了一声。

"那群人好像特别喜欢慈善晚会和忏悔，如果说慈善晚会是买新裙子的借口，那忏悔便是犯罪的最佳借口。要是没有罪行可坦白，也就不能向牧师忏悔了。为此，她们得先犯下罪行。"

这么多年来，道恩应该为她们的罪行做出了不少贡献吧。他的嘴角漾起了笑意。

即便其中有安东尼娅，也没什么大惊小怪的。可道恩接下来却把

话题转向了出乎意料的方向。

"不过说真的，夫人神经过敏，或许跟现在震惊拉博里的失踪案有关。绑架犯就潜伏在身边，对年轻女性来说恐怕特别吓人吧。"

道恩为什么要提这件事儿？

一种难以名状的担忧猛地向我袭来。

"虽然失踪的都不是年轻女性。"

我本想云淡风轻地接下去，却说得磕磕巴巴。

不知道恩有没有发现我的动摇，他继续说道："但依然很恐怖啊。毕竟犯人和动机都还不清楚。何况令内是外地人。怀疑哪个村民都不奇怪。即便是我，一想到以前是自己病人的孩子可能遇害了，心里也无法平静。对了，这么一说……"

就像威胁猎物的猫咪一样，道恩莫名地停顿了片刻。

他依然直勾勾地盯着我，究竟在打什么算盘？

"保罗，你好像也见过亨利·纳瓦尔？应该记得他吧？前一阵子你来这里的时候，亨利因为感冒而找我看病了。"

"有吗？"我回答得模棱两可，"好像是有个高中男孩。他就是亨利·纳瓦尔？"

"嗯。他还是个婴儿的时候我就认识他了，是个乖巧的孩子。我很难相信那么胆小的孩子会离家出走。果不其然，接着出现了第二起事件。"

"皮埃尔·兰斯吧？道恩医生也认识他吗？"

"当然了，这一带的孩子都是我的病人。不过，皮埃尔很健康。

长大后就没怎么给他看过病了。保罗啊……"

我有种不祥的预感。

不知不觉间，两只酒杯都空了。香槟瓶早已空空如也。道恩暂时打住了话题，悠然站起身来，从橱柜里取出两只高脚杯。

他拿起白兰地酒，将琥珀色的液体缓缓倒入杯中。

"皮埃尔失踪的那天吧，下午刚好有电话找我。我去给兰斯磨坊附近的人家看病，回来的路上，撞见你的雪铁龙从磨坊旁边的小道开了出来。"

不可能吧！我吓得身子一颤。

道恩静静地摇晃着高脚杯，若无其事地继续说道："我就想，你当时有没有看到皮埃尔的身影？他经常在后面的空地上玩耍。"

"没有。"

我拼命挤出了这句话。

既然被看到了车子，我最好就别否认自己去过磨坊附近。道恩不可能看错黄色的雪铁龙，拉博里村开黄色雪铁龙的人也只有我。

"没注意呢。要是看到，我早就告诉警察了。那天就是想开车兜兜风，也没遇到什么可疑的车辆。"

"也是。"道恩同意得很干脆，"我对那些孩子视如己出，就在想能否找到什么线索。确实，我想的东西警察应该老早就讨论过了。"

*

后来，我和道恩聊了些什么呢？我是什么时候告辞的呢？在醉酒

的状态下，又是如何开车回到戈拉兹德宅的呢？我已然没有记忆。

安东尼娅满脸担忧地出来迎接我。我只告诉她自己在道恩家里喝多了，接着早早地回到了房间。

我晚餐也没吃，就这样躺在床上。我已被打击得垂头丧气。

为了让自己显得从容不迫，我故意把话题集中在失踪事件上，喝了一杯又一杯，以防对方察觉我内心的紧张。老实说，我不清楚道恩有什么想法，甚至无法确定他有没有怀疑我。

也许他只是想起当时看到了我的车，想得到点儿目击情报而已。然而，我随即打消了这一乐观的猜测。

道恩疏忽大意泄露了底牌，我应该为此高兴才对。道恩喝得醉醺醺的，终有一天会后悔得要死的吧，为自己给了杀人犯反省与逆袭的机会。

不行。我又想了想，若以为干掉道恩就能高枕无忧，那只能说我头脑简单。万一道恩早就把我的疑点告诉给了警察呢？在这种情况下袭击道恩，就是正中他们下怀了。

要不再跟道恩仔细聊聊，摸清他的老底？不，这也不行。一不小心，反而会加深他的怀疑。

既然如此，解决方式只有一个，洗清我的嫌疑即可。而方法也只有一个，我编造出绑架案的犯人即可。

我被自己的主意给笑到了。就这么办，这就是完美的结论。

我躺在床上，在夜色中思量着村里的居民。要特别注意独居男性——马蒂厄先生的话语回响在耳畔。

最后，有一个男人浮现在了我的脑海里。

2月27日　星期二

要从拉博里去往芄休，除了火车，还可以乘坐大巴。我上午十点前离开戈拉兹德宅，在巴士上颠颠簸簸，到芄休时已经十一点多了。约定的时间是十一点半，所以刚好踩点。

尽管拉博里村的店铺可以满足最低限度的需求，但如果要购物吃饭，还是得来芄休。习惯农村生活后，我总算体会到了邻近小镇的存在价值。

虽说是乡镇，这里好歹有百货店和餐厅、电影院、美容院、各色服装店、甜品店一应俱全。拉博里的太太们聚在一起时，开场话题肯定是关于芄休的购物和用餐。

不过，第一次被保罗带到这座灰蒙蒙的小镇时，我还是愣住了，毕竟现实与想象中的闹市相去甚远。

华美气派的建筑整齐地排列在道路两旁。有闪亮的橱窗在装点地上层。光鲜亮丽的男女在露天餐桌旁优雅地享受美食——这番令人兴奋的风景连个影儿都没有。

"这种四不像的闹市，还不如被自然包围的拉博里。"

我一脸失望。

"因为你在跟巴黎做比较啊。"保罗用父亲般的语气说道，"在这儿找不到巴黎的东西。我从小就熟悉这座小镇。但我可以肯定地说，如果要找拉博里没有的东西，这儿还是有挺多的。"

而实际上，保罗说得没错。

*

酒店"乐卡克"就悄然建在芃休镇尽头的路边上。

当地常见的米白色土墙，搭配上暗灰色的屋顶，看起来简单而朴素。整洁的小店只有四间客房，有一股隐秘居所的味道。我绕到房屋侧面，只见后方空地上停着让 – 路易的蓝色雷诺。

在门口迎接我的卢克，是"乐卡克"的老板兼主厨，一个大腹便便的中年男子，一看就很像厨师。四十五六岁，清透的皮肤白里透红，算是法国随处可见的标准大叔。温和的眼神令我稍微放下心来。

地上层是餐厅，客房似乎在楼上。现在时间还早，餐厅里没有客人。大概有团体预订了这里，店内把三张四人餐桌拼成了供十二人使用的餐桌。另外还有一张四人餐桌和两张双人小餐桌。比起餐厅，气氛更像家庭小餐馆。

墙壁的黑板上用潦草的字体写着套餐菜单。"今日午餐"有腌鲱鱼和炖兔肉，甜品是覆盆子馅饼。难怪有一股诱人的炖肉香味。

店里虽然雇了帮手，但基本上是夫妻二人共同打理。餐厅朴素却整洁。

"嗨，戈拉兹德夫人，很荣幸见到您。我们一直在等您呢。"

"客气了，我也很高兴见到你们。"

我们首先握手打招呼。

沉稳的态度给人以安全感。声音也跟温暖柔软的手一样，十分暖心。

"让－路易已经到了，正在房间里等您呢。"

明明周围一个人也没有，对方还是谨慎地压低了声音。

"好像是呢。我看到车子就停在后面……他经常来这里吗？"

听到我的提问，卢克露出了意味深长的笑容。

"对，经常。"

难不成让－路易的幽会地点是这里？疑惑瞬间涌上心头。

卢克仿佛看穿了我的心思，表情严肃地补充道："他是我夫人的恩人。"

他接着向厨房喊道："吉吉！吉吉！"

吉吉似乎是卢克妻子的名字。没过多久，一名中年女性推开厨房门走了出来，和丈夫一样白皙丰满。

"太太好。"

一看到我，她战战兢兢地伸出了手。

吉吉把秀发随意地绑在脑后，看起来就像褪色的麦秸，脸上几乎没有化妆。只有那双明亮的大眼睛，让人觉得她年轻的时候肯定很可爱。

结束了客套的问候，吉吉开始打量起我来。可能也因为她心里有种不祥的预感吧。那笨拙的举动一点儿都不像酒店的老板娘。

我和让－路易有什么企图，这对夫妇应该心知肚明。不然，戈拉兹德家的夫人怎么可能来这种地方。然而，他们知道多少呢？跟让－

路易又是什么关系？对此我还一无所知。

"酒店很不错呢。好不容易来一次，可惜不能在餐厅里吃饭。"

听到我的话，吉吉头一次露出了微笑。

她好像是一笑就显得亲切的类型。

"等会儿我们会把午餐送进房间的。"

看样子还有客房服务，跟让 – 路易的关系果然不一般。

"我这就带您过去。"

吉吉走向通往一楼的楼梯。

最好别让任何人撞见。我匆忙追了上去。

*

四间客房排列在东西两侧，让 – 路易就在西边的屋子里等我。

柔和的阳光从南面的窗户洒进房间，宣告着冬天的过去。简朴的客房使人想到从前的客栈，没有一点儿多余的装饰。并排而列的两张单人床上罩着单调的白色毛毯和床单，看起来像修道院的禅房。床铺对面只摆着小桌和座椅。

是让 – 路易提议在"乐卡克"进行密谈的。戈拉兹德宅自不用说，拉博里没有一个地方能让我俩放心交谈。经过那次秘密搜查后，我们都有意识地在他人面前避免接触。

今天让 – 路易应该会跟我讲明计划的全部内容。他究竟在打什么主意，又会采取什么举动。多年来的夙愿终于要实现了，恐惧却占据了我的身体，我害怕得想要逃跑。

　　见到我之后，让－路易像平常一样沉默而恭敬地行了个礼。接着，他殷勤地搬出椅子让我坐下。至少从他的举动中，我感觉不到丝毫的焦虑或紧张。

　　"我在楼下见到了卢克跟吉吉。人看起来挺好的。我也不是要怀疑，但真的可以相信他们吗？"

　　我的声音越来越小。

　　如果这是廉价建筑，那与隔壁的墙壁应该挺薄的。

　　让－路易却露出了淡定自如的笑容。

　　"没关系，隔壁没人。"

　　坚不可摧的自信从紧张的身体里涌了出来。

　　"您不必担心他们。对我来说，卢克是完全值得信任的自家人。而吉吉呢，她爱卢克胜过自己。"

　　"我就相信你说的。可是，你不会想把他们也拉入伙吧？"

　　我提醒道。

　　我不赞成把第三者卷入此次计划。况且，伙伴越多风险越大。

　　"请您放心。"让－路易立刻否定了，"我没这个打算，也没这个必要。如果他们要帮忙，不看、不听、不记住任何事情就够了。犯罪的只有咱们两个。"

　　犯罪——我早已做好了心理准备，可仍有电流窜过脊背。

　　"让－路易，"我的声音不由得颤抖起来，"在进入正题之前，我想再强调一遍，我的目的只是解开地下墓穴的封印，弄清楚躺在那里的人是谁、什么时候遇害的。绝不是亲手制裁犯人。"

　　"我知道。"让－路易老实地点了点头，"不过，要解封地下墓穴，还有别的办法吗？只有让戈拉兹德宅出现新的杀人案，逼着警察进入地下室啊，除此之外就没有其他有效的办法了。不管我们如何强调戈拉兹德先生可疑，官员和警察也不会采取行动。这一点您应该清楚才是。"

　　"你说的对。"

　　这个我承认。

　　正因为明白，我才会出现在这里。

　　"还有一个问题。你可能已经弄清了一切，现在只想着复仇。但我不同，我首先想知道戈拉兹德宅究竟发生过什么。我要找出铁证，让保罗坦白真相。复仇的事情之后再考虑。"

　　"这我也知道。"

　　让－路易直直地看着我。

　　"我没想要杀害戈拉兹德先生。"

　　"也就是说，目前的目标是杜邦夫人？"

　　"没错。"

　　虽然事先已经猜到，但听到他明明白白地说出来，我还是叹了口气。

　　在杜邦夫人房间里发现的那条十字架项链——当时的让－路易慌乱得不成样子。她真的是可怕的杀人犯吗？

　　仿佛在回应我的疑问一般，让－路易接着说道："显然，她参与了戈拉兹德先生的杀人事件。就算没有直接动手，也肯定是共犯。但

问题在于，即使地下室解封、戈拉兹德先生的罪状天下大白，要追究她这个共犯也不容易。"

"你的意思是，保罗会包庇母亲？"

"对。哪怕他们的合作显而易见，只要本人统一口径，就难以证明共犯的事实。如此一来，她就会被无罪释放。所以先发制人很重要。即便对方是女人，我们也绝不能手软！"

他语气激动，仿佛对方就近在眼前。

"你会有如此强烈的复仇念头，是因为深爱着项链的最后一位主人，而他们害死了那位女性吧？"

让–路易点了点头。

"对我来说，她是照进那座阴森宅邸的一道光。过去的我，不，即使是现在，我也不过是戈拉兹德家的奴隶，注定要在戈拉兹德宅度过一生。遇见她以前，我都没发现自己还有一颗爱人的心。她为何会喜欢上我，这点至今还是个谜……但我们彼此相爱。和她度过的短暂时光，是我活在这世上的证据。"

"在芃休的这个房间里？"

他再次无言地点点头。

果然没错。

"可是让–路易，即使那条项链在杜邦夫人的房间里，也不代表主人就是被她杀害的呀！"

让–路易眉头一颤，说："因为你一无所知。"

他挤出来的声音充满了绝望的愤怒与悲伤。

　　"太太，您能想象那名女性是怎么死的吗？那条十字架项链她一直随身携带。佩戴别的项链时，也绝不会摘下它。因为这是她婆婆，也就是保罗先生的母亲——露易丝夫人的遗物。对露易丝夫人来说，这也是自己的婆婆——克里斯汀夫人的遗物。那条项链是戈拉兹德夫人传承了三代的护身符。

　　"她在英国坐丈夫的车，结果遭遇车祸。因为来不及打方向盘，车子撞到了路边的大树。她坐在副驾驶座上，不仅上半身被压扁，玻璃碎片还割断了她的脖子。"

　　太震惊了。

　　保罗的前妻——她与让－路易彼此相爱，结局却如此悲惨！

　　让－路易没有理睬惊愕的我，继续说道："但是您想想，时刻都戴着那条项链的人，上半身被压扁，头也被割断，项链怎么可能完好无损。纤细的链条肯定会被碾碎，细金工艺的部分会沾满深红的血液，珍珠表面会布满伤痕。可您也亲眼看到了吧？那条项链不是一点儿瑕疵、凹陷都没有吗？"

　　的确如此。我想起来了，纤细的链条和细金工艺的部分一尘不染，每一颗脆弱的珍珠都富有光泽。

　　"状态完美。"

　　"是的。也就是说，出车祸的时候她没戴那条项链。它是每一任戈拉兹德夫人的象征，没当上戈拉兹德夫人的杜邦夫人自然会惦记在心。车祸发生前，戈拉兹德先生找借口要走了她的项链。这也恰恰证明，戈拉兹德先生知道不久后她的上半身将变得惨不忍睹。"

"可是为什么？保罗为什么要杀死自己的妻子？因为发现了跟你的关系？"

让－路易缓缓地摇了摇头。

"我也不知道。唯一清楚的是，那并非不幸的车祸，而是伪装成车祸的杀人事件。"

我有种当头一棒的感觉。

那场车祸之后，保罗饱受后悔的折磨，甚至出现了精神问题。他不是后悔自己没打好方向盘，而是后悔自己一时失算，卡错了撞树的时机——这本是为了杀死副驾驶座上的妻子，并保证驾驶席上的自己安然无恙。

我太大意了。

然而……如此一来，就得重新审视这起事件了。我陷入了沉思。

原来如此！我突然茅塞顿开。这下一切都说得通了。

先前的我什么都没有看到。

兜风地点选在伦敦绝非偶然，他必须选在英国。因为在英国出车祸后，不会有一个熟人立马赶来，而且最关键的是，在英国可以对遗体进行火葬。

"太太，您可别忘记，除了村里的少年们，戈拉兹德先生还会若无其事地对妻子下毒手。离执行计划还有些日子。在此期间，咱们无法保证他不会袭击您。行动的时候一定要小心谨慎啊。"

让－路易的声音变得越来越远。

保罗会杀我？我回到了现实。

说起来，前些天萨姆森也在电话里说过。

"千万别小看保罗，他可不是笨蛋。可能会调查通话记录，你最好少从家里打电话。"

但是，保罗真的在怀疑我吗？为了不被揪住尾巴，我自认为行动非常谨慎。

就在此时，让－路易用无情的声音继续说道：

"没多少时间了，咱们进入正题吧。"

　　*

"我打算在下周末行动。"

他的声音十分冷静。

让－路易恢复了平日的表情。我也清醒了过来。不能再东想西想了，现在应该专心致志地讨论。

"您知道下周六，也就是三月九日晚上，巴黎管弦乐团将在普莱易音乐厅举办特别音乐会吗？有豪华的独奏者齐聚一堂，讨论度好像挺高的。"

"不知道呢。"

我对古典乐不感兴趣。而保罗也知道这一点，所以才没提到吧。

"戈拉兹德先生特别想听这场音乐会。他得提前订票，应该这阵子就会跟您提起。如此一来，下周六的晚上到周日早上，他都不在戈拉兹德宅。这样的机会千载难逢。"

"原来如此。"我明白了，"等女佣们回去后，戈拉兹德宅就只

163

剩我和杜邦夫人了。"

只要我和让－路易合作，应该可以伪装成强盗的犯罪。

比如让－路易把杜邦夫人推进螺旋楼梯的空洞后，再把我捆起来。我这个女主人只要说遇到了陌生的强盗，让－路易也就不会遭人怀疑了。

然而，让－路易随即摇头否定了。

"不，太太，请您跟戈拉兹德先生一起去巴黎。您说自己也要去，他应该没理由拒绝。要把敌人困在巴黎，您的协助必不可少。"

"意思是我也去听音乐会吗？"

"我没这么说。您可以陪他去普莱易音乐厅，也可以分头和女友们一起玩，反正随您的便。总之确保两人在巴黎度过周六的夜晚，还得有一个能证明您全程不在现场的有力证人。"

"那你来搞定杜邦夫人吗？"

我不否认自己松了口气。

但他要怎么做？对此我感到疑惑。杀人又不遭人怀疑还是很难的。

"让－路易，你的不在场证明呢？不会要拜托卢克和吉吉吧。"

听到我的话，他咧嘴一笑。

"您认为我会制定如此简单的计划吗？刚才我答应过您，不会把他们扯进来的。首先，拉博里人都知道我跟卢克的关系。我还没有蠢到让挚友来证明自己不在场。"

"可你需要不在场证明吧？杜邦夫人在戈拉兹德宅深夜遇害，即便伪装成强盗干的，警察也会调查一遍家里相关人员的不在场证明啊。"

"确实。不过，我既不打算靠盗窃来伪装，也不打算让毫无关系的第三者帮忙作不在场证明。况且，这很难伪装成强盗的犯罪。假如有强盗凑巧盯上杜邦夫人只身在家的日子，还闯进了戒备森严的房子，人们通常会怀疑有内鬼。

"太太，执行计划的只有咱们两人。而且，这个完美的作战绝不会让我们受到怀疑。"

他从容的语气甚至可以用傲慢来形容。

这信心百倍的样子，反而让我担忧。自负可能会要命——这是他本人告诉我的。

大概是察觉到了我的担忧，让－路易表情严肃了起来。

"太太的担心不无道理。但请相信我，只要按我说的去做，肯定就能成功。"

"我当然相信你。不然，我今天也不会来这儿。"

我报以僵硬的笑容。

"那我要做些什么呢？我的任务应该不止把保罗困在巴黎吧？"

视线与视线碰撞出了火花——用来形容这一刻真是再适合不过。如果我就此退缩，这个人会不会杀了我？

"当然不止。太太，此次作战中您的任务最为关键。前提是您得有这个勇气。"

让－路易的眼神仿佛看透了我。

现在正是向他坦白秘密的时候，我心意已决。要结成滴水不漏的

共犯关系，就必须共享信息。把命运交给这个人吧。

我深深地吁了口气。

"你放心，我没有觉得害怕，会扎实完成任务的。毕竟这是为我遇害的母亲报仇。"

*

告别让－路易，离开"乐卡克"后，我仍未从震惊中缓过神来。

他的每一句话都在我脑海里盘旋。他交给我的重要任务——我一想到就颤抖不止。

回到拉博里村时，太阳已经落山，寒风依旧寒冷。我从巴士站仰望山丘，只见旋风摇晃着光秃秃的树木，暗紫色的天空下，戈拉兹德宅比平日更多了几分黑色的压迫感。比起监狱，它更像刑场，又像在等我归来的怪人。

我不想跟家里的任何人说话。一到戈拉兹德宅，我就抱着购物袋直奔卧室。

与让－路易结束密谈后，我在芃休的服装店随便买了些东西。有衬衫、毛衣和贴身衣物——我出门的借口就是购物。女佣在门口迎接时，我吩咐她不用给我备茶。她一定以为我迫不及待地想在镜子前试穿。

一想到自己不能在意，言行举止反而变得僵硬。虽然不愿面对回家的保罗，可他似乎也心事重重，看来不用担心他发现我微妙的变化。

晚餐桌上，保罗用漫不经心的语气提出了那件事儿。

"其实下周末吧，周六有巴黎管弦乐团在普莱易音乐厅举办的特别音乐会。这次节目不容错过，我准备去听听。你要一起去巴黎吗？"

保罗主动邀请我了。我有些出乎意料。简直求之不得。

然而，万一这是个精心策划的陷阱呢。

"是呢，偶尔听听交响乐也不错。"

我谨慎地回答道。

"嘿！太好了。你竟然想听古典乐，这是吹的什么风？"

保罗的声音听起来是真心觉得高兴。

"我以为你肯定要去见那群女友呢。"

"呀，那是我一个人去巴黎的时候吧？有你在，我当然跟你一起啦。还是说，你不方便让我去音乐会？"

我轻轻瞪了他一眼。

"怎么会。既然如此，咱们把萨姆森也叫上吧？音乐会结束后，大家一起吃顿饭。好久没有三个人聚会了。"

"好呀。"

面对喜笑颜开的丈夫，我也欣然同意。

"那我明天就给萨姆森打电话。还可以托他去订票。"

事情轻松搞定。

在一无所知的外人眼中，我们恐怕是全世界最幸福的夫妻吧。可在深夜的黑暗房间里，当我独自一人躺在床上时，恐惧却再次涌上心头，我如临深渊。

如果这都是保罗精湛的演技呢？如果他已经发觉一切，准备先除掉我呢？可他准备在什么时候动手？用什么方法？

保罗凝视着我的样子，一直在我脑海里盘旋。

"亲爱的，我需要你。"

他今晚也含情脉脉地这样对我说道。

不，想也没用。我深吸了一口气。事已至此，只能悄悄完成该做的事情。

让－路易给我的安排非常简单。

周六抵达巴黎后，找机会偷偷给保罗喂药。药品多少有点儿苦味，最适合在用餐时混入酱汁，也可以加在咖啡里。只要当天让他住进医院，事情就算成功。

药品由让－路易准备。虽然会引发剧烈的腹泻与呕吐，但没有致死的危险。目的只是让保罗在巴黎停留数日而已。

冥思苦想后，我决定不把此次的计划告诉萨姆森。他本就是个性格正直、富有正义感的人。毕竟是当律师的。哪怕是为了揭发保罗母子的罪行，他也不会允许我犯罪，更别说杀人了。

归根结底，这是我的问题，当然也是让－路易的问题。只有在这个复仇故事中，我和让－路易是一心同体。

只能继续前进了。我这样告诉自己。

3月2日　星期五

奥古斯特·弗鲁瓦萨尔的自行车店，就坐落在拉博里闹市的北边尽头。

到了这儿，商业街就变得像缺齿的梳子一样，弗鲁瓦萨尔的店铺被夹在杂草丛生的空地之间。这座小楼房的下层是店铺，阁楼是住宅，对单身汉来说应该绰绰有余。五年前母亲离世后，奥古斯特·弗鲁瓦萨尔便在这里过着自在的独居生活。

这里贩卖、修理自行车，是村里唯一一家自行车店。尽管有一定的市场需求，生意却不可能火爆。不管何时经过，基本上都是弗鲁瓦萨尔一个人在店门口，无所事事地听广播。

他二十九岁，乍看之下是个美男子，实际上是个健硕的运动员。尤其在夏天，他会不远千里地跑去参加法国各地的自行车赛。他在鲁昂有因此结缘的女友，但可能生性适合自在的生活，他至今也没有离开拉博里的打算。

简而言之，关于现在把拉博里闹得人心惶惶的少年绑架案，奥古斯特·弗鲁瓦萨尔有十二分的资格去充当嫌疑人。变态跟强盗、强奸犯不同，平时的正直好青年也得小心提防。我就是个好例子。当然，弗鲁瓦萨尔也是十几个嫌疑人中的一个。通过马蒂厄先生我了解到，他已经被警察问了两次话。

　　前阵子见过道恩后，我开始了暗中调查。犯罪当天，道恩看到我在现场附近，我得赶紧采取措施才行。现在哪还顾得上托马·科雷特。

　　随着调查的深入，我发现奥古斯特·弗鲁瓦萨尔真是个理想的嫌疑人候补。在亨利·纳瓦尔和皮埃尔·兰斯失踪的当天，他好像都在拉博里。虽然他性格稳重、口碑良好，但朋友几乎都是自行车赛圈的人，在拉博里没有特别亲密的朋友和家人。

　　目前，警察仍未掌握有力的线索。毕竟他们的搜查总是偏离重点。如果让弗鲁瓦萨尔充当犯人，即使会出现些疑点，走投无路的警察也很可能睁一只眼闭一只眼。

　　在戈拉兹德宅一楼的"长辈房"，我的秘密武器就藏在衣柜的暗抽屉里——亨利·纳瓦尔充满汗臭味儿的、有点儿肮脏的破衣服，以及皮埃尔·兰斯穿过的高档衣服，二者的差别堪比抹布跟丝巾，却都是至关重要的证据。

　　王牌则是两人的断发，我把它们包在了薄纸里。亨利是鸢色的卷毛，而皮埃尔的褐色头发就像玉米须一样。我的呼吸早已渗入其中。虽然舍不得，却也无可奈何。

　　每天早上，弗鲁瓦萨尔都坚持骑行两个多小时。不仅是早早天亮的夏季，冬季也会在黑暗中出门（除了下雪天）。

　　他即将年满三十岁，在赛场上也活跃不了多久了。我理解他满腔热血搞练习的心情，可清晨在没有路灯的路上全力飙车，危险在所难免。特别是在河边的土坝上，一不小心就会倒栽进河里。冰雪融化后，河水会跟着升高，要是掉进了浊流里，恐怕自行车也会被转瞬冲走。

我昨天就把作战必需品装在了车上，只要瞒着安东尼娅偷偷出门就行了。还好她赖床。

我决定在五点之前离开戈拉兹德宅。四点我准时起床，首先推开了卧室的窗户。外面还一片漆黑，幸好没有下雨。我竖起耳朵，悄悄观察屋内的情况。安东尼娅的卧室悄然无声。

在她起床前，在佣人们上班前，我得把事情全部搞定。我小心翼翼地走下螺旋楼梯，避免发出脚步声。可刚到大门口，我就感觉到了人的气息。

回头一看，发现杜邦夫人正如雕像般伫立在身后，不知她什么时候起来的，黑色的衣服紧紧贴在身上。

"路上小心。"她声音冷静，好像什么事都没发生一样。

"嗯，我走了。"我也轻轻地点了点头。

我莫名地觉得揪心。

到头来，真正站在我身边的，只有这个女人了吗？

*

到达弗鲁瓦萨尔的店铺时，手表的指针正好指向五点。村里一片死寂。我把车停在了店门口。

黑暗彻底包围了被瓦片和白墙覆盖的楼房，窗户关得紧紧的，没有一丝光亮。弗鲁瓦萨尔应该在床上睡得正香。当然，这正中我的下怀。在这个时间点，村公所的官员——而且是保罗·戈拉兹德登门拜访，谁还不信发生了紧急状况？

我提着黑皮包走下雪铁龙，敲响了大门。

同时，我嘴里大喊道："弗鲁瓦萨尔先生！弗鲁瓦萨尔先生！"

不一会儿，阁楼的灯亮了，穿着睡衣的奥古斯特·弗鲁瓦萨尔从窗户里探出头来，头发睡得乱糟糟的。

"不好意思，这么早来打扰你。我是村公所的保罗·戈拉兹德。现在有急事儿找你，可以给我开门吗？"

此前，我见过几次弗鲁瓦萨尔。而最后一次，是在去年年底村公所主办的晚会上。他是县公路赛的冠军，因此受邀参加晚会，还做了简短的发言。我俩岁数相近。正常来说，我们可以直呼彼此的名字，奈何村民总是与戈拉兹德家保持距离。他始终没改变自己恭敬的言辞。陷害这位好好青年让我良心作痛，可我别无他法。

起初，弗鲁瓦萨尔一脸讶异地凝望着这边，在听到我的名字又看到黄色的雪铁龙后，人好像完全清醒了。

"戈拉兹德先生好。我还在睡觉呢，现在马上换衣，请您稍等片刻。"

他瞬间变脸，立刻回到了屋子里。

没过多久，楼下店铺的灯也亮了，弗鲁瓦萨尔打开了门。他身上穿着厚羊毛衫、运动裤和皮夹克，似乎考虑到了和我一起出门的可能性。表情虽然紧张，却没有不安的神色。大概是以为出了什么事儿，我来找他帮忙的吧。

我飞速扫了一眼店内。

有几辆出售的自行车，还有两辆正在修理的二手自行车。店里头

摆放着木制桌椅，旁边则是弗鲁瓦萨尔的赛车，我见过它。

"不好意思，这么早来打扰你。"

进店后我关好了门，把道歉的话又说了一遍。

"我深知此举十分冒昧。但现在情况紧急，刻不容缓……这个消息可能会吓到你，还请你冷静点儿。我其实是拉博里的卫生管理官，刚才法国政府的卫生局给我发来了紧急通知。"我用严肃的语气说道。

弗鲁瓦萨尔苍白的面颊转眼就染上了一层红色。

也难怪。听到村公所的官员这么说，人还怎么保持冷静。弗鲁瓦萨尔虽不是小孩，却也是个不谙世事的运动员。恐怕都无暇怀疑村公所有没有卫生管理官这一职位。何况因为最近的少年失踪案，他遭到了警察的无故怀疑。

"你可能不知道，现在，法国政府正为一种传染性极强的疫病焦头烂额。这种可怕的疾病致死率极高，百分之九十以上的患者都会在发病后的三天内死亡。"

弗鲁瓦萨尔显得疑惑不解。

大概没猜到这跟自己有什么关系吧。

我继续说道："没有任何关于疫情的报道，是因为在现阶段，患者发病后并没有有效的治疗方法，政府在防止国民陷入恐慌情绪。此前，患者都只是从国外回来的人，尤其是非洲大陆。所以目前最有效的方法是趁感染尚未扩大前就把患者隔离起来，找出跟患者有直接、间接接触的人。

"其实，这种病原本是非洲部分地区以前就有的地方病。会通过男女性交传染。"

弗鲁瓦萨尔此前一直默默地听我讲话，现在好像终于忍不住了，插嘴道："就是跟性病差不多的意思？"

他表情扭曲得厉害。不愧是血气方刚的运动员。肯定已经想到了一两个人选，心里都七上八下了吧。

"对。"我故意保持着冷静的表情，"不过，比单纯的性病严重多了。对了……"

我吸了口气，停顿了一下。

弗鲁瓦萨尔的脸上满是恐惧。

"今天我来这里，也是因为你有一位住在鲁昂的女性朋友，她叫米雷耶·乔丹吧？"

弗鲁瓦萨尔无言了。

他一定没想到此时会出现自己女友的名字。他眼神飘忽不定，脑子似乎没反应过来。

接着，他回过头去，扫了一眼桌子上的电话。大概在犹豫要不要马上打给她。

"打了也没用，她正在医院接受检查。"我发出了冷酷的声音，"弗鲁瓦萨尔先生，请你冷静听我说。乔丹小姐还没有发病。实不相瞒，最近有个从北非回来的法国男性发病了，我们调查该患者的交际圈后，发现有几位女性与他发生过性关系，据说其中一人就是米雷耶·乔丹。

"刚才，鲁昂当局把乔丹小姐保护了起来，在询问交际圈时，她提到了你的名字，所以那边才会立马联系我。"

"那我……我会怎么样呢？"

弗鲁瓦萨尔牙齿直打战，好不容易才挤出这句话。

垂死挣扎的样子真可怜。不仅被女友劈腿，还可能染上了致死率百分之九十的疫病，我也理解他的灰心丧气。

"求你冷静点儿，先在那边坐下吧。"我指着店铺里头。

为了让自己显得游刃有余，我故意慢步走向桌子。有模有样地放好黑皮包后，我搬出椅子稳稳地坐了下去。这样应该足以营造出压迫感。

看着敌人踉踉跄跄地坐下后，我才慢悠悠地开口道："你不一定没救啊。现在还有治愈的可能。正因如此，我才会在这个时间点赶过来呀。"

"真的吗？"弗鲁瓦萨尔大概挺意外的，向我投来殷切的眼神。

"不骗你。虽然这种病一旦发作就束手无策，但幸好有潜伏期，最短一周最长十二周。只要在潜伏期内接种疫苗，很大程度上就能抑制发病，而且越早越有效。说刻不容缓也不为过啊。"

说着，我打开皮包，从里面拿出了注射器和装药剂的安瓿。

弗鲁瓦萨尔顿时两眼发光。

"当然，这不算彻底脱险，但起码能延缓发作。打完后可能会有点儿困，你不介意吧？那么请把手臂伸出来。"

我都不必用强迫的语气命令他。

弗鲁瓦萨尔脱掉夹克，卷起羊毛衫的袖子，露出了与相貌不符的粗壮肌肉臂。他似乎毫不怀疑我的医学资格和安瓿的内容。

我往注射器里吸满药剂，握住了弗鲁瓦萨尔的手。

*

待弗鲁瓦萨尔入睡后，我开始了下一步行动。时间是五点二十六分，离日出还有很长一段时间。村里依然静悄悄的，没有一个行人。

我戴好手套，从车里拿出了麻布袋。虽然是只随处可见的普通袋子，但里面装着少年连环杀人犯的确凿证据。另有两本杂志，是前些日子，我在鲁昂的可疑店铺里买到的，上面刊登了许多迎合某类爱好者的照片。

回到店内，我小心地从袋子里取出了这些东西。失踪少年的衣服和剪下来的头发——我抓起弗鲁瓦萨尔的手，仔细把指纹沾到纽扣、腰带、包装纸、抹布上。弗鲁瓦萨尔的手指又软又粗，皮肤粗糙扎手。最后我把衣物叠整齐，再把头发重新包好，放回了布袋里。

这下就天衣无缝了。即使没找到少年的尸体，绑架犯也无疑是布袋的主人。警察会再找一遍小河跟原野，最后放弃搜索吧。

那么，这只布袋要放在哪儿呢？犹豫再三，我决定把它收进桌子的抽屉里。藏在卧室里可能更自然，但还是得放在能被人看到的地方。摆在账簿和支票簿的旁边，应该谁都会瞧一瞧里面。

我拿着杂志走上阁楼。他的性格似乎一丝不苟，卧室被收拾得干干净净。虽然是匆忙起床，脱掉的睡衣却依然叠得整整齐齐。我对弗鲁瓦萨尔有点儿刮目相看了。

床头柜上的相框里有他和女友米雷耶·乔丹的双人照，还有自己骑在车上的飒爽照片。我把杂志摆在了旁边。当然，这上面也沾好了

他的指纹。

开朗运动员的另一面或许会令人大跌眼镜，可现实中这样的人并不罕见。任何人都在外人面前戴着面具，老师跟牧师也不例外。

做完这些准备后，我开始了搬运工作。首先得把沉睡的弗鲁瓦萨尔搬到车子旁，让他坐在副驾驶座上。这项工作特别费力，好不容易才不留痕迹地干完了。接着，再把他心爱的赛车塞进车里。最后从弗鲁瓦萨尔的口袋里摸出钥匙，关掉电灯，锁上大门，这下终于可以出发了。

从这里行驶三百米，就会来到河边的土坝下面。在土坝下方停好车后，我把自行车和弗鲁瓦萨尔依次搬了上去。

土坝高约三米。尽管有石阶，可在黑暗中背着成年人爬陡坡却不是件易事儿。千辛万苦爬到顶后，我气喘吁吁，胸口难受。

土坝路面狭窄，不知道有没有两米宽。放下行李后，我用手电筒一照，发现河水比预想中涨得厉害。焦油般的漆黑水流近在咫尺，我有种快被吸入地狱的错觉。

正在此时，睡着的弗鲁瓦萨尔突然呻吟了一声。

躺在冰冷的地面上，令他清醒了过来？仔细一想，弗鲁瓦萨尔是成年男性，身体也健壮，安眠药的分量可能太少了。赶紧动手吧！说不定这是上帝的警告。

我恢复了清醒，奋力把弗鲁瓦萨尔的自行车和他本人推进了黑色的水流中。

巨大的水声与翻腾的水花令人毛骨悚然——然而，这也只是短短一瞬。不一会儿，四周又被原本的寂静所包围。

我再次用手电筒照亮河面时，弗鲁瓦萨尔和自行车早已被黑色的河流吞没。

总算结束了……我深深地吁了口气。看到这番状况，应该没人怀疑他是在晨练时不小心掉进河里的吧。

等太阳升起，弗鲁瓦萨尔溺水的尸体浮上水面时，我已经在村公所上班了。他是拉博里最好的运动员，我只管为他的死亡表示哀悼就行。而得知这位好青年其实是可恨的绑架犯后，我只管做出惊愕的表情就行。道恩也不会再怀疑我了。

我立刻踏上了归途。

*

清晨，寒冷的空气开始微微泛白，戈拉兹德宅今天也在傲然展示着它威严的黑色外表。

安东尼娅应该还在睡觉。我下车的时候小心翼翼，以免发出声响。七点上班的女佣们要来了。不能让她们知道我不在家。杜邦夫人大概还在等我回来吧。

然而，情况有些不对劲儿。别说大门口，门厅也没见到前来迎接主人的忠诚管家。她究竟干什么去了？

我站在门厅环视了一圈，还是没见着人。

屋内寂静无声，空气却喧嚣不宁。无言的诅咒、无声的惨叫、飘荡在四周的怨念与恐惧——这股非同寻常的气息，似乎是从楼上飘下来的。

我走向螺旋楼梯，仿佛被吸引了一般。

我站在螺旋的空洞抬头仰望，并没有明显的异变。

我毫不犹豫地走上楼梯。或许我有点儿神经过敏了。我告诉自己，如果安东尼娅还在睡觉，说明这只是我的错觉。但是，如果她不在床上……

沿着螺旋楼梯转一圈，便来到了一楼的走廊。就在这一瞬，伫立在安东尼娅房前的杜邦夫人跃入眼帘。气势逼人，如同守护王妃卧室的近卫兵。她穿着和先前一样的黑色衣服，布满皱纹的白色面庞却莫名的僵硬。

"欢迎回来。太太在房里等您呢。"

她低语道。虽然正面对着我，却看也不看我的脸。

凝重的声音仿若无底的沼泽。

三年前的那个早晨在我脑海里苏醒。母亲露易丝无声离开的那个早晨——说起来，当时我也是来到母亲的卧室，在里面发现了她的遗骸。

杜邦夫人静静地打开门，我无言地走进了房间。

如杜邦夫人所言，安东尼娅正在里面静静地等着我。

然而，她不在那张盖着轻柔羽绒被的床上。我的安东尼娅正坐在木椅上，穿着白色的睡袍，露出了苍白的脖子。纤细的脖子无力地耷拉着，上面缠了几层纯白色的布。

亚麻枕套——这是和安东尼娅结婚时，我在巴黎百货店挑选的定制品。特大号的专用枕头上，分别绣着首字母"P"和"A"。

枕套的两头都有开口，可以从任意一边塞入枕芯，长度不少于一米半。纵向折叠后，最适合用来当绳子。细细一看，安东尼娅的腰也被同款枕套牢牢捆在了椅背上，两只脚踝则被捆在了椅腿上。

杜邦夫人个子高、力气大。悄悄溜到安东尼娅身后，再用力勒住她的脖子应该轻而易举。

用这块布得费多大的力气？断气又花了多长时间？安东尼娅的表情应该说明了一切，却被垂下的浓密秀发给遮住了，我无法一窥究竟。

我回过头去。伫立在那里的人无疑就是杀人犯，而且是把可怕血脉传给我的骨肉至亲。

"您下楼之后，太太偷偷溜出卧室，从书房的窗户看着您出门了。"

杜邦夫人的话简单明了。

"我知道了。"我也回答得简单明了。

赖床的安东尼娅怎么偏偏在今天早上醒来了？看到天亮前悄悄开车外出的丈夫，她做何感想？我想问她，却再也听不到回答了。

"要怎么处理太太呢？"杜邦夫人的声音冷漠无情。

我望了眼安东尼娅的床。

她早上悄悄从床上爬了起来，上面已没有半点儿痕迹。早就换上了刚洗好的床单和枕套。

"让她在这里躺到晚上吧。告诉大家她头疼。"

"好的。"

"千万别让女佣们靠近这里。"

"明白了。"

杜邦夫人的语气恭敬得有些傲慢。

我又看了一眼无言的安东尼娅。

活泼开朗的安东尼娅沉默了，这说明她已不在人世。

然而，必须先给她松绑。

我解开她脚踝上的绳子，接着解开腰部的绳子。用浑身力气捆绑的亚麻绳牢固而强韧，扭得结结实实的麻花，体现了杜邦夫人对戈拉兹德家的女人的怨气。

最后，我解开了缠在脖子上的布套。我扶住脖子，把头抬了起来，安东尼娅的样子一览无遗。年轻可爱的美丽容貌变得面目全非，这是她直到最后仍在苦苦挣扎的痕迹。

我抱起遗骸，静静地放在了睡床上。

"我想整理下安东尼娅的衣服。你能帮她擦擦身子，换身衣服吗？头发也要梳整齐。"

"好的。换哪件衣服呢？"

"你来决定。剩下的你自己来吧。"

杜邦夫人鞠了一躬。

我默默地离开了安东尼娅的房间。

*

早餐后离开餐厅，发现让－路易在走廊等候已久。

因为没看到安东尼娅的身影吧。不动声色的外表下，诡异的表情若隐若现。

让－路易的五官本就野性，最近还多了些大胆无畏的自信。恭顺的举止依然如初，但就跟马戏团的老虎一样，乍看之下已被彻底驯服，却难保哪天又会露出獠牙。哪怕是微不足道的细节，也不能让他发觉异常。

我把他叫进书房，迅速地交代了工作。至少这两三天，得让他忙得不可开交。

作为雇员的基本素质，让－路易早已习惯了主人的心血来潮和专横无情。态度并无明显的变化。

等我交代完工作后，让－路易犹豫地开口道："太太说今天上午让我带她去市场的……"

昨晚，安东尼娅好像说过这件事儿。一定是准备去买晚餐的食材吧。

然而，我再也尝不到她做的菜了。

"她好像头疼，今天准备睡一整天，就不出门了。改天再去市场也行吧。"我竭力发出若无其事的声音。

"好的。"

他平时说话都会克制自己的感情，可声音中有种不服气的味道。

难道发现了什么？不，应该不可能。我好像敏感过头了。我纠正了自己的想法。

更重要的是，我得考虑接下来怎么办。

赶走让－路易之后，我坐在书房的桌子前思索了一阵。要做些什么呢……

窗户下方传来了让－路易启动破车的声音。我突然回过神来，看了眼时间，该去上班了。

等弗鲁瓦萨尔的溺水尸体出现后，自然会引发一场大轰动，而等他和少年失踪案的关联再浮出水面，可以预见全村的注意力会转向那边。我得趁乱处理尸体。

然而……我再次陷入思考。

要隐瞒死因，就必须有医生的帮助。话虽如此，我恐怕很难拉拢道恩。他不会被轻易收买的。假如他跟安东尼娅有特殊关系，那就更不用想了。但我又不能直接找别的医生，而无视戈拉兹德家的主治医生。

就在此时……我突然得到了天启。

对，还有这个方法！

得马上给萨姆森的事务所打电话。现在应该开门了。就算萨姆森没来，那个秘书也该来了吧。

我站起身来，走向楼下的电话室。

*

深夜时分，安魂弥撒曲回荡在卧室里。

《D 小调安魂弥撒曲》——是莫扎特为自己而写的"献给逝者的弥撒曲"。流丽而庄严的合唱充实了我的身心，我深刻意识到自己又变成了孤身一人。

这才是真正的我。

我打开了连通安东尼娅卧室的门。

愿受现世苦痛折磨的亡人，此刻能有天堂的音乐萦绕耳畔，从世俗爱恨中解放的灵魂，能得以净化——我怀着无限的哀思，只能以这样的方式为亡妻送行了。

*

回过神来，这真是漫长的一天。

行船发现弗鲁瓦萨尔的尸体，是在上午九点多。打捞起来的时候，人就卡在蜿蜒河流的内侧浅滩上。自行车还没找到，但从店内少了常用的赛车来看，警察基本认定他是在河边土坝上骑行时不慎跌入水中。

关键的"证据"似乎也发现得挺早。不过，此事不能随便公开。下午三点多，警察局局长才把这个大新闻告诉马蒂厄先生。

"没想到犯人是奥古斯特·弗鲁瓦萨尔。我有点儿不敢相信，可他家里有受害人的衣服和头发，证据确凿啊。"

马蒂厄先生单手拿着卷烟，吞云吐雾地靠在沙发上。

"哎，其实这还是机密消息，严禁对外透漏的。我不小心说漏嘴了，你能当作没听见吗？"

他一从警察局回来，就把我叫进了村长办公室。要把那种惊天大消息藏在心里，实在太为难这个俗人了。我发出疑惑的声音："可是村长，那些衣服、头发真的是亨利·纳瓦尔和皮埃尔·兰斯的吗？"

马蒂厄先生立刻探出了身子："两人的父母都确认过了，好像没有错。"

"这样啊……但是，还没找到他们的尸体吧？"

"他又不会蠢到把自己杀的人放在家里，八成埋在了别的地方。接下来要开始正式搜查了。"马蒂厄先生得意地哼了一声，"可再怎

么说，本人已经死了，估计很难找到尸体吧。"

"是呢。"我顺从地表示赞同，"不过，弗鲁瓦萨尔为什么会掉进河里呢？下雨天路滑倒能理解，但难以相信专业选手会犯下如此低级的错误。"

马蒂厄先生咧嘴一笑，不小心露出了脏兮兮的大黄牙。

"一开始我也这么想过，但警察认为这是自杀。毕竟，弗鲁瓦萨尔那么大了还没结婚，而是一个人生活。被警察问过两次话，就明白自己遭到怀疑了吧。突然想死也没什么奇怪的。"

"这样子啊……"

"就算表面淡定，心里也肯定担心自己哪天被捕吧。人做不得坏事儿啊。"

马蒂厄先生点燃了一根新烟。

我一脸沉痛地低下了头。

*

漫长的一天即将结束。

可在此之前，还有个很重要的仪式。

亲爱的，我还没给你看过戈拉兹德宅的地下室吧。我知道的，你有时会靠在楼梯的扶手上，窥视螺旋之底……

现在就带你去秘密的冥府。

你将永远沉睡在那里。

没人会打扰那里的平静。

尾声

一九六八年三月十日，星期日。

在法国北部的小村庄拉博里，历史悠久的戈拉兹德家发生了一起惊天动地的案件。

戈拉兹德家曾经是统治拉博里村的大地主。由于法国大革命，原本一手遮天的地主封建制度被统统作废，但这并不等于所有农民都升级成了自耕农。多数贫农并没有自己的土地，依然是地主手下的佃农。戈拉兹德家在拉博里拥有广阔的土地，事实上，有少数农民一直处于他们的管理下。

不过，随着时代的变迁，社会、经济形势均发生了显著的变化。不少法国地主相继转让土地，渐渐失去了往日的权势。戈拉兹德家也不例外。第二次世界大战后，时间过去了二十五年，大地主的势力已今非昔比，但戈拉兹德家依然是拉博里的特殊存在，而这其中有某些非同寻常的原因。

戈拉兹德宅坐落在小山丘上，是座用石头砌成的坚固宅邸，离村子中心有点儿远。那粗犷而封闭的外观使人联想起要塞或监狱，可人们对它避而远之的原因，并不在于它的外观。第二次世界大战末期，维希政府垮台，在随后的混乱时期里，村中发生了一连串的悲惨事件，令人们在二十四年后的今天仍把这座宅邸视如忌讳，连官员也是一样的态度。

戈拉兹德宅是座三层建筑（包括阁楼），下面有间地下室，挖掘得很深。它原本被用作贮藏室，但似乎早已失去了这一用途。人们一直以为，这间地下室在二十四年前被当时的戈拉兹德当家——埃德蒙·戈拉兹德给封锁了。自那以后，应该没人再进过地下室，不料本次案件却揭发了这个谎言。

案件发生时，只有三个人住在戈拉兹德宅：现任当家保罗·戈拉兹德夫妇，以及管家杜邦夫人。与偌大的房屋相比，虽然略显寂寥，但白天有几名佣人来上班。从这坚固的构造来看，很难说他们比村里其他人家更无防备。

因为是三百多年前的老建筑，所以家里没有电梯。上下楼当然靠的是楼梯，而贯穿房屋中心的螺旋楼梯正是戈拉兹德宅的一大亮点，木制踏板擦得锃亮，木扶手同样富有光泽，如盘绕的蟒蛇般描绘出优雅的曲线。

圆筒状的空洞构成了螺旋楼梯的中心，从天花板直通地下室，而在里面发现上吊的女性尸体，是在三月十日的早晨八点多。

女性的脖子上缠绕着登山绳。不是新买的，似乎一直收纳在戈拉兹德宅的三层阁楼里。

绳子的顶端悬挂在空洞的顶部——阁楼天花板中央的铁钩上。绳子全长约十五米。长度调节得非常精准，尸体的脚刚好悬在地下室的地板上方。

蜘蛛丝——熟悉日本文学的人如果看到这幅画面，心里定会生出

这样的感想吧。释迦牟尼向极乐世界的莲池投下一根长长的蜘蛛丝，而蜘蛛抓着它坠入了底下的地狱。从三楼俯瞰螺旋楼梯，其实还真有点儿像。

死者叫黛芬·杜邦，五十九岁，是侍奉了戈拉兹德家四十多年的住宿管家。

她扎好了头发，还化了妆，身上穿着标志性的黑色衣服。这究竟是自杀，还是他杀？我们无法立刻断定，但从外表来看，并没有抵抗挣扎的痕迹。

发现者是这个家的女主人，戈拉兹德夫人。她是个年轻的少奶奶，半年前才与现当家保罗·戈拉兹德结婚，是保罗的第二任妻子。

前一天是三月九号，星期六，她与丈夫保罗待在巴黎。二人原本计划在巴黎的酒店里度过周末。没想到，保罗在当地突然患上急病，被紧急送往医院。无奈之下，她只身坐上次日清晨的首班车赶回家中，准备拿些换洗的衣服和现金，结果却看到了出乎意料的画面。

案发当天是星期日，女佣们下午才来上班。她先报了警，但是害怕得不敢待在现场。在警察赶来之前，似乎一直在屋子前瑟瑟发抖。实际上，死者黛芬·杜邦并非简单的管家。她是前当家埃德蒙·戈拉兹德的情人，据说也是现当家保罗·戈拉兹德的亲生母亲。保罗曾因意外车祸患上了精神疾病，被迫接受长期疗养，在当家缺席的日子里，她独自一人守住了戈拉兹德宅。由于女佣的低贱身份，直到最后也没人把她当作戈拉兹德家的一员，但村民们一致认为，她称得上戈拉兹德家的真正主人。

这等人物的离奇死亡，在小村庄里已经算大事儿一件，可事情还不止如此。这起怪异的上吊案破除了戈拉兹德宅二十四年来的牢固封印，打开了潘多拉之盒。

曾经在全村人的意见下，黑暗的历史被深深封印在了戈拉兹德宅的地下，如今它又重见天日——且最令人惊讶的是，震撼拉博里的恐怖犯罪同时也暴露在了光天化日之下。

*

这场骚动的开端，是因为黛芬·杜邦的身体被吊在了螺旋楼梯的空洞里，而且脚正好悬在地下室的地板上方。

如果这发生在普通的房间里，或者她的身体停留在螺旋空洞的上方，警察们也不至于闯进地下室。如此一来，保罗·戈拉兹德的恶魔行径肯定仍被掩藏在隐秘的面纱之下。从结果来看，黛芬·杜邦的缢死也等于掐住了儿子的脖子。

接到报警后，警察飞速赶往戈拉兹德宅，他们做的第一件事，自然是解救上吊者。虽然无法确定，但从发型、服装来看，上吊者极有可能是杜邦夫人，何况家里还找不到她的人影。案件发生的状况和时间尚不明确，人说不定还有一口气，警察理应争分夺秒才对，可事情却没这么简单。

戈拉兹德宅是座老建筑，天花板很高，地下室也修得特别深。就算从上往下望，警察也看不清下面的情况。他们也犹豫过，要不要把绳子直接拉到楼上来。可如果上吊者还没彻底断气，这样做反而会害

死人。

通往地下室的楼梯被上锁的厚重门扉给堵住了，任何人都进不去。警察对此清楚得很，可现在人命关天。最终，在得到戈拉兹德夫人的同意、用无线电取得警察局局长的许可后，现场的警察决定破坏门扉，直接闯进地下室，采取这一行动也算是合情合理。

用斧头劈开门后，警察们一齐涌入地下室。这里既没有隔断也没有家具，有的只是宽敞的空间。除了中央有个螺旋楼梯的空洞，便再无与外界的联系了。扯一下绳子，电灯瞬间点亮，看来二十四年间这里没有被完全尘封，却也没有频繁使用的痕迹。

不管怎样，他们开始检查上吊者的身份。跟预想的一样，绳索紧紧缠绕在脖子上，邋遢的脸庞虽已变形，但无疑就是戈拉兹德家的女王——黛芬·杜邦。

一名警察剪断了绷直的绳子，另外三人轻轻把上吊者抱了下来。他们先让人躺在地板的垫子上。尽管心肺已停止活动，但身体仍有余温，说明刚死不久，如果再早一点儿发现，得救的可能性很大。这令警察感到遗憾万分。

无论如何，警察必须判断出这是他杀还是自杀。若是他杀，就得立刻展开搜查。虽然他们重新打起了精神，可随即出现的大骚动却把这股干劲儿给浇灭了。

因为地下室里接连发现了难以置信的东西。戈拉兹德宅的地下室里沉睡着许多村民。法国刚从纳粹的压迫中解放出来时，他们便死在了那场名为"肃清"的动乱之中——即便是战后出生的警察，也都知道这件事情。

处理完现场的遗体后，只要等鉴定科过来就行，期间也没什么事情可做。留在现场的警察便又环视了一遍地下室。他们突然生出了好奇心。这里原本是地下贮藏室，除了煞风景的板墙，再没有其他装饰了。而地下室的一角，居然整齐地摆放着二十多副棺材。

虽说是棺材，其实只是简单的手工木箱，勉强看得出对死者的哀悼之意。棺盖上放着木制的十字架，每副棺材前都立有简单的墓碑，记录了死者的姓名和过世日期。

然而，有位警察正兴致盎然地观察墓碑时，发现其中一副棺材上不仅盖着豪华的织布，上面还放了个黄金十字架。

"喂，这是什么情况？"

也难怪他会发出诧异的声音。

因为那块墓碑上，竟写着安东尼娅·戈拉兹德的名字——她是保罗·戈拉兹德十七年前去世的第一任妻子。

"安东尼娅·戈拉兹德　一九二七年四月十一日生　一九五一年三月二日卒"

二十三岁英年早逝的当家夫人——不过，她好像在伦敦郊外遭遇车祸，并在英国被火化了，现在不是被埋在拉博里教堂的戈拉兹德家的墓地里吗？

被这一声叫唤引来的警察们，在旁边的棺材前发现了更难以置信

的墓碑名。

　　"亨利·纳瓦尔　一九三五年七月二十六日生　一九五一年一月十三日卒"

　　"皮埃尔·兰斯　一九三六年十二月八日生　一九五一年二月三日卒"

　　他们都是十七年前失踪的少年，最后沦为了残忍变态的饵食。

　　犯人叫奥古斯特·弗鲁瓦萨尔，当年二十九岁。他在河边的土坝上骑行时不慎跌落河中，溺水身亡后，人们在他家里发现了失踪少年的头发和衣服。

　　弗鲁瓦萨尔在拉博里开了家自行车店，同时也是一名运动员，活跃在法国各地的自行车赛上。他的姐姐是法国前田径代表选手杰奎琳·皮尔斯，令拉博里骄傲的著名选手，其弟弟竟然是残忍的杀人犯，此事对村子造成的巨大阴影无法用语言来概括。从那以后，英雄杰奎琳再也没踏上过故土。

　　然而，亨利·纳尔瓦和皮埃尔·兰斯的遗体被埋在了戈拉兹德宅？难道说……不，怎么可能！

　　但旁边的另外两块墓碑，让他们隐隐约约的疑惑变成了不容动摇的肯定。

　　"斯蒂芬·贝尔川　一九五一年七月十九日生　一九六八年一月

十九日卒”

"杰克·马尔索　一九五二年十一月四日生　一九六八年二月七日卒”

　　两人都是拉博里的少年，一个十六岁，一个十五岁。村子不大，许多警察都见过他们。在过去的几周里，新的少年失踪案令拉博里村民陷入了难以言说的恐惧，而这两人正是警察拼命搜索的当事人。

　　案件仿佛再现了十七年前的噩梦——所有人都如此认为。可当时的犯人奥古斯特·弗鲁瓦萨尔已经死亡。再怎么说这里也是个小村子，十七年内可能出现两个残忍的杀人狂吗？说不定两人只是接连离家出走了而已，搜查队始终找不到答案。

　　斯蒂芬和杰克都死了。而且，遗体在戈拉兹德宅！

　　"不会吧！"

　　他们嘴上这样嘟哝，脑海里却有种拨开云雾见青天的感觉。

　　多一事不如少一事，这就是盲点。当权者的明哲保身与小心翼翼让这一禁忌维持了整整二十四年，却让没有阳光的地下得到了治外法权的保护，催生出了开满淫靡之花的恶魔乐园。

　　恐惧与兴奋令身体颤抖不止，警察们神色紧张地相互点了点头。

　　＊

　　保罗·戈拉兹德为何要犯罪？又是怎么实施如此大胆的犯罪的呢？如今本人已经死亡，我们无从知道真相。

一九六八年三月十日，上午十点多的时候，保罗·戈拉兹德从医院的三楼病房跳窗自杀。事件发生在拉博里警察局准备行动（把他作为重要知情人控制起来）的时候。没有遗书。

前一天，三月九日，保罗带着妻子彩子·戈拉兹德去巴黎两日一夜游，却突然患上了原因不明的急性肠胃炎，只得在当地接受住院治疗。他此次来巴黎，主要是为了在普莱易音乐厅欣赏巴黎管弦乐队（其前身"巴黎音乐院管弦乐队"在一九六七年解散，不久前重新改组为"巴黎管弦乐队"）。由于严重的腹泻和呕吐，他错过了难得的演奏会。

保罗在巴黎住院时，是妻子彩子把案件告诉给他的，就在警察闯进地下室后不久。虽然这让警察措手不及，但独守家中的妻子打电话给丈夫报告也很正常，没道理去责备毫不知情的她。

必须承认，保罗·戈拉兹德的自杀让村长等拉博里的上层领导松了口气。不过，警察局长的立场就挺微妙了。

哪怕只是偶然，少年失踪的悬案也得到了解决。杜邦夫人的上吊尸体和被水泥填埋的失踪案受害人——过去的黑历史，似乎想拿这条大新闻给自己当挡箭牌。因此，保罗之死也是众人喜闻乐见的事情。

案件发生的几天后，大量棺材被悄悄从戈拉兹德宅搬了出来，被安葬在教堂墓园的角落里。

除了肃清事件的牺牲者，其中还有保罗的前妻安东尼娅·戈拉兹德。然而，不会有墓碑去记录他们的名字。所谓家丑不可外扬。躲避责任和爱隐瞒的毛病早已渗入共同体，不可能在十年二十年内改过来。他们仍按照以前的方式秘密处理事情。

先不说二十四年前的肃清事件，现在有一个在伦敦被火化的安东尼娅·戈拉兹德，还有一个被水泥埋在戈拉兹德宅地下室的安东尼娅·戈拉兹德。两具遗体的谜题完全没有解开。

关于在地下室发现的棺材，墓碑上记载的死亡日期是一九五一年三月二日——好巧不巧，跟奥古斯特·弗鲁瓦萨尔的死亡日期一模一样。一九五一年正好跟一九六八年一样，一月一日都是从星期一开始的，但和闰年一九六八年不同，这一年的三月二日不是星期六，而是星期五。

另一方面，教堂的戈拉兹德家墓碑显示：安东尼娅·戈拉兹德死于一九五一年三月三日，星期六。伦敦的车祸发生在周末的自驾旅行中，所以这个时间没有问题。

同一个人，不可能存在两具死亡日期相差一天的遗体，但不管怎样，都无法改变受害人、施害人均已死亡的事实。所幸的是，世人都在关注横跨十七年的少年绑架杀人案。因此，咱们就无须让事情变得复杂化，这样也没什么好处。保罗·戈拉兹德引发的少年绑架杀人案，震撼程度可谓空前绝后。现在回过头去看，会发现案件全发生于保罗·戈拉兹德留在拉博里的短暂时间内。然而，大家一直忽略了这个事实，不仅是因为戈拉兹德家在拉博里的威望，其实也是因为发生在十七年前的两起案件，被当成了奥古斯特·弗鲁瓦萨尔犯下的罪行。

在第二次世界大战迎来终焉的一九四五年，保罗·戈拉兹德才十九岁，正在巴黎大学求学。后来，祖父埃德蒙·戈拉兹德、母亲露易丝·戈拉兹德于一九四六年、一九四八年相继过世，但一九五〇年

十一月底他才回到拉博里。当时保罗二十五岁，刚和第一任妻子安东尼娅结婚不久。

与战前不同，地主无法光靠收租来维持生活了。保罗·戈拉兹德也决定在村公所上班，但这里毕竟是个小村子，哪有正好合适的工作。戈拉兹德的当家不可能在窗口为村民办理琐粹的手续。实际上，他的工作好像是陪村长马蒂厄先生聊天。

一九五一年三月三日，保罗·戈拉兹德在伦敦郊外发生车祸，同乘的妻子安东尼娅当场身亡。此外，奥古斯特·弗鲁瓦萨尔的溺水事故发生在车祸的前一天，三月二日。而被水泥埋在戈拉兹德地下室的另一位安东尼娅，死亡日期也是这一天。我们不得不承认，这些巧合意义非凡。

但更为关键的事实是，保罗在这场车祸中脊髓严重受伤，后遗症是生殖功能障碍。当然，没人泄露过这条私人信息，可我们不难想象本人所受的打击。保罗患上了严重的精神疾病，在巴黎的精神病院度过了十七年的漫长岁月。

他能穿过这条漫长的隧道，可以归功于为他治疗的心理医生彩子。彩子是位美丽的心理医生，父亲是日本人，母亲是法国人，现年二十七岁。而把她介绍给保罗的，是保罗的朋友兼律师萨姆森·菲利普。看来他介绍对了。

当走投无路的病人遇上学识渊博、经验丰富的精神科医生，而且是年轻的女心理医生时，病情就会迅速地好转——人即使失去了生殖功能，也不会失去爱欲。无论是过去还是现在，老年人和其他大众都用行动验证了这一真理，而保罗的复活更是重新证实了这个想当然的事实。

深深信赖着彩子的保罗，随后娶她为妻，再次回到了拉博里。时间是一九六七年十二月底。此时，保罗已经是四十二岁的中年人了。他收获了年轻聪明的伴侣，还重新回到了村公所，可他并没有满足于这份安稳的幸福，又一次把魔爪伸向了年轻的少年。

检查过被水泥填埋的四名少年后，证实棺材里的遗体确实是墓碑上标注的本人，而且，所有人都是被勒死的。犯罪细节并不清楚，受害人身上没有任何损伤算是唯一的救赎。

在犯人死亡的情况下，警方已然没有了继续搜查的意义。这让领导们再舒心不过了。受害人的遗体由各自的家属进行埋葬，再从保罗·戈拉兹德的遗产中拨点儿应得的补偿费给他们，这样就能把事情给压下去了。

剩下的课题，就是如何为奥古斯特·弗鲁瓦萨尔平反了，他不仅被污蔑为少年绑架杀人犯，还有可能遭遇了谋杀，只是被伪装成了事故而已。马蒂厄村长似乎在暗中商讨此事的对策。他们计划把他住在美国的姐姐杰奎琳·皮尔斯邀请到拉博里，与村民重叙旧谊，以作为对她的道歉和补偿。

警察局的观点等于是全村人的意见。由保罗·戈拉兹德引发的一连串杀人案就这样落下了帷幕，留下了诸多的疑团。

*

另一方面，黛芬·杜邦的上吊案本是一切事情的导火索，搜查工作却始终一筹莫展。

越搜查，反而越混乱。案件的最大问题是：假如这是他杀，根本就没有可疑的犯人。

从解剖结果来看，死亡时间估计在三月十日的上午七点至八点间。正是彩子·戈拉兹德回家发现尸体的不久前。胃内空空如也，体内没有检测到酒精和毒药，别说施暴，手脚连捆绑的痕迹也没有。受害人进行了梳妆打扮，由此看来，案件应该发生在当天正常起床后，吃早餐以前。

受害人的身体和衣服上都没有打斗的痕迹，犯人很可能是她熟悉的人。房子里没有东西失窃，且如果犯人是盗贼，即使被受害人看到了脸，也只要当场解决就可以了，何必大费周章把人吊在天花板上。再者，外人也不知道阁楼里有没有绳子。

彩子说自己回家时，大门确实上了锁。前一天晚上，她就打电话告诉杜邦夫人自己早上回来，所以很纳闷怎么锁上了。但是也不必特意按铃叫管家过来，她便用自己的钥匙打开了门。

戈拉兹德宅还有一扇与后院相通的便门，可警察已确认这扇门也是锁着的。如果彩子不是犯人，就意味着犯人是在行凶以后，把门锁好了再离开的戈拉兹德宅。

那么，犯人哪儿来的门钥匙呢？受害人的衣服口袋里，仍装着她随身携带的钥匙串。备用钥匙当然也有，但是在书房的抽屉里原封未动。如此一来，犯人肯定原本就有门钥匙。警察做出这样的判断也合情合理。

可他们很快就会知道，这其实是死胡同的入口。因为符合条件的人寥寥无几，而且每一个都不可能是犯人。

首先是当家保罗·戈拉兹德，案件发生的前一天（星期六），他和妻子彩子一同待在巴黎。而且，九号的晚上到十号的早晨，他还因为急病住进了当地的医院。当然，期间有多名医生、护士在照顾他，片刻都不可能溜出病房。这样还怎么讨论他的动机。他绝不可能犯下此次案件。

其次是第一目击者彩子·戈拉兹德，先抛开她的动机，从物理角度来讲，她不可能犯下这起案件。毕竟她身材娇小，身高一米五五，体重四十二公斤，难以把身高一米七二、七十多公斤的受害人吊在螺旋楼梯的空洞里。不，她光是把绳子挂上天花板的铁钩，就已经很困难了。

不仅如此，从时间上看，也很难说彩子是犯人。案发当天，她乘坐早班车从巴黎出发，于七点四十七分抵达拉博里站，且车站人员和多名乘客也有目击到她。丈夫紧急住院，她只是回来拿钱和换洗的衣服而已，身上就带了一只手提包，看起来表情僵硬。

最后看到她的人是一家面包店的老板娘，店铺位置离戈拉兹德宅较近。据说两人有正面打招呼，时间是七点五十五分。就算快步赶往戈拉兹德宅，也需要七八分钟，因此彩子称自己八点后到家的证言没

有可疑之处。

　　彩子于八点零八分打电话报警，警察在十一分钟后赶到，也就是八点十九分。不管彩子怎么努力，也无法在这么短的时间内把受害人吊在螺旋空洞里。

　　那么，最后一个有门钥匙的人——让－路易·莱斯库尔呢？

　　让－路易现年四十六岁。和受害人一样，很早以前就在戈拉兹德家服务。他被前当家埃德蒙·戈拉兹德相中，深受其信赖，即使到了保罗这代，在当家缺席的十七年间，家中的事务管理也都交给了他。虽然想不到有什么动机，但他确实具备犯罪的身体条件，自然受到了警察的关注。

　　毕竟让－路易身材高大，身高一米九五，而且，平日的体力劳动还让他练出了一身肌肉。抱着受害人的身体，把她推出螺旋楼梯的扶手应当是小菜一碟。

　　然而，他有完美的不在场证明。他到这把年纪仍然未婚独居，案发当天，天还没亮他就带着三个同伴去河边钓鱼了。戈拉兹德夫妇提前定好了巴黎之行，若非如此，忠心耿耿的佣人似乎也无法尽情放松了。据说让－路易早就制定了此次计划。

　　钓友于早上四点半在让－路易家集合，吃完早餐，众人开始准备三明治便当和咖啡。五点驾车离开拉博里，在下午三点返程前一直是集体行动。在犯罪时间上午七点到八点间，他确实跟其他同伴在当地一起钓鱼，不在场证明没有问题。

　　这下进死胡同了。

可疑的犯人一个都没有，搜查根本无从入手。随着时间流逝，搜查官对他杀产生的怀疑也会逐渐消散。仔细一想，虽然黛芬·杜邦被揶揄为戈拉兹德宅的女王，可她终归是个管家。真的有人会去杀害这样一个老女人吗？

警察的观点逐渐偏向自杀，也是顺理成章的结果。

*

对于虔诚的天主教徒而言，自杀即犯下重罪，黛芬·杜邦不可能违背教堂的教诲。退一万步讲，就算她要自杀，也有许多更稳妥的方法——随着他杀论陷入僵局，这些常识性的质疑也逐渐消失了。

天主教徒也有杀人犯，自杀同理。况且自杀的方法也不分什么稳不稳妥。她个子高，加把劲儿就能够到天花板的铁钩，也能把绳子挂在铁钩上，还能在缠好脖子后翻越楼梯的扶手——这实行起来完全没有问题呀！没有挣扎的痕迹，手和脖子上也没有杀人案中常见的防卫性擦伤，这些都是自杀的有力证明。

而彩子·戈拉兹德的描述，更加坐实了自杀论。

根据她的供述，丈夫保罗似乎是个极端的秘密主义者。考虑到他所做过的事，倒也能够理解，但没想到的是，他从未向妻子彩子坦白过戈拉兹德家的隐情。包括管家黛芬·杜邦是保罗的亲生母亲，也是彩子从道恩医生那儿听说的。米歇尔·道恩是戈拉兹德家的主治医生，现年五十二岁。就如道恩承认的那样，保罗似乎从没把杜邦夫人当作过母亲。

离开巴黎的前一天——三月八日晚上，彩子听到了丈夫与杜邦夫人的奇妙对话。当时她半夜突然醒来，下楼找热饮喝，却听见厨房里传来了说话声。彩子停下脚步仔细聆听，其中一人明显是杜邦夫人的声音，她在恳求对方收手。而另一人的声音很是模糊。

但在这个时间点，除了自己，家里只有丈夫保罗和杜邦夫人了。即使平常装作互不相识，他们也是亲生母子，肯定也有想说知心话的时候。在避人耳目的深夜厨房里，两人正在进行亲子交流吧。彩子悄悄折回了卧室，可事后回忆起来，杜邦夫人或许想在最后关头劝儿子改过自新吧?

结果，彩子·戈拉兹德的这段证言成了决定性的证据。黛芬·杜邦肯定知道有新的尸体被接连搬进了戈拉兹德宅的地下室里。不，她本来就是戈拉兹德宅的主人，怎么可能不知道。如此想来，便能理解她为何故意选那种方法自杀了。

为了不让儿子的罪孽继续加深，母亲只得献出自己的性命。要慰藉牺牲者的灵魂，她只有让自己的身体悬挂在地下室上方，才能保证警察会进入地下室。可以说，黛芬·杜邦的儿子确实明白了她的意图吧。

起初，拉博里村满是对杀人犯的愤怒和对当局不作为的斥责，可随着事件的降温，伤感与感慨却逐渐扩散开来。女王之死令戈拉兹德家的历史落下了帷幕。

戈拉兹德家的财产今后会流向何处? 这是人们关心的下一个问题。实际上，与彩子再婚后不久，保罗·戈拉兹德就把正式遗书交给了律师萨姆森·菲利普。根据遗书，现金、存款、所有的动产都留给妻子彩子，并赋予她戈拉兹德宅的终身居住权。此外，手下的田地全部无偿分给佃农们。而彩子逝后，就用水泥填埋戈拉兹德宅的地下室，然后拆除整座建筑。结尾他写道，希望把空地开发成公园，由村子来管理。

从中我们可隐约窥见这位千古罪人的复杂原貌：他对罪行的隐瞒与赎罪，以及对一无所知的新婚妻子的爱意。

可不知为什么，这位黑发黑眼睛的美丽遗孀放弃了一切继承权。彩子说没有继续留在村里的理由了。她似乎心意已决，等张罗完丈夫与婆婆的葬礼，就永远地离开拉博里。

这位继承了东方血统的年轻少夫人一出现，村里就悄悄流传着"她是为钱而来"的声音——谣言似乎出自邮政局局长戈达尔夫妇和食品店老板德尔博斯夫妇。而彩子用行动证明，爱说三道四的小人都是口说无凭。

三月中旬的一天，保罗·戈拉兹德的葬礼在拉博里教堂悄然举行。

参加弥撒时，这位戴黑面纱、穿黑丧服的遗孀神情凝重，始终毅然地昂着头。其他出席的村民只有主治医生道恩、常年侍奉戈拉兹德家的让－路易·莱斯库尔。村长马蒂厄夫妇并未到场。

莱斯库尔像钢板一样面无表情。旁边的道恩则一反常态，表情严肃地瞪视着天空，他把戴了多年的名牌无框眼镜换成了最新流行的银框眼镜。值得关注的是，保罗的朋友兼律师萨姆森·菲利普专程从巴黎赶来，对遗孀频频表示出关心。

微弱的阳光穿过云层，唯独教堂的钟声响彻四方。

村民日夜仰望的那座黑暗石馆，离拆除的日子也越来越近了。

而这，便是拉博里村的昔日霸者——戈拉兹德家的终焉。

3月20日　星期三

我离开拉博里的日子终于到了。比我想象中的早了许多，而且，结局也比我想象中的残酷许多……梅村彩子——一直以来，这才是我登记在日本户籍上的本名。虽然只是形式上的婚姻，可现在丈夫保罗·戈拉兹德去世了，彩子·戈拉兹德这个名字已毫无意义。

上午十点，教堂后方的墓园鸦雀无声。

墓园中央有一排气派的墓碑威压四方，这正是戈拉兹德家的墓地。许多坟墓前都供奉着孱弱的时令花卉，可唯独这里，仿佛有一片拒绝所有生命的单调小宇宙。

在戈拉兹德家的墓地中，有一块墓碑格外的美丽醒目。那是十七年前死于意外车祸的安东尼娅·戈拉兹德——保罗前妻的墓碑。几天前，丈夫保罗·戈拉兹德也被一同葬在了这里。

我可能是最后一次来这儿了。

我把带来的花束轻轻地放在了石头上。这是母亲生前最爱的深红色玫瑰——我跪在地上，表示默哀。被火化成白灰、以安东尼娅·戈拉兹德的名义沉睡在这里的女性，正是我寻找已久的母亲，尼科尔。梅村·尼科尔，这曾经是她的名字。

一九三九年，第二次世界大战爆发的前夜，日本正值战争色彩浓厚的昭和十四年。尼科尔的外交官父亲去国外赴任，她便随父母一同来到日本，在这里她结识了一名日本青年，两人坠入爱河。对方是专攻法国文学的 T 大学助教梅村洋平，也就是我的父亲。

梅村家是书香门第，也是资产家，与尼科尔家相比也毫不逊色，但当时的跨国婚姻仍被世人以异样的眼光看待，世界局势也很紧张。双方的父母自然会反对这门亲事了。

然而在一九四〇年，两人不顾一切地闪婚了，因为尼科尔怀孕了。在法国留过学的洋平当年二十八岁，但尼科尔还是个十九岁的如花少女。

父亲充满了男人味，有一头黑色直发和一双坚定的黑色杏眼，而母亲脸颊消瘦、嘴唇单薄，腼腆的微笑有点儿虚幻缥缈。看到双亲的新婚照片，就知道我确实是这两人的孩子。

我这个女儿出生后，母亲的幸福时光持续了多久呢？在我的记忆里，她闷闷不乐的时候似乎更多。

一九四一年，太平洋战争开始了，国民的精神生活与物质生活愈发严峻。平时吃的面包、奶酪想都别想，连大米、肉类、鸡蛋等普通食材也变得难以入手。

法国早早败给了德国纳粹，于一九四〇年建立了傀儡政权维希政府，对当时的日本来说也算是轴心国，但拥有外交官特权的父母早已回国。日本成天叫嚷"英美鬼子"，可大半国民其实连英语和法语都分不清，年轻的法国女性在这里难以生存。

即便如此，有父亲在旁边的时候也差不到哪儿去。一九四四年，征兵令还是来了。可靠的丈夫一旦出征，母亲在异国他乡就真的无依

无靠了。

战火越演越烈，我和母亲转移到了父亲的老家信州，寄居在亲戚家的独间里。虽说是独间，却跟杂物间没什么两样。做饭、洗澡、上厕所时，都得去借用主屋。尽管不用担心挨饿和空袭，心里却忐忑极了。

战争结束后，母亲与父亲再次团聚，可她彻底成了个面黄肌瘦、患有轻度神经质的沉默女人。她能努力熬过战后的艰苦生活，全因为对年幼的女儿和丈夫的忍耐与奉献。

母亲对我是发自内心的喜爱，我从未怀疑过这一点。我们母女俩紧紧依偎在欧式床（这在当时的日本家庭很罕见）上，度过了一个又一个夜晚。她教我学法语，不停地跟我说法国的事情，以此来勉强维持精神上的平衡。

我在小学四年级的夏天，收到了母亲再也不会回到日本的消息，那是她婚后第一次回娘家。见到面目全非的女儿，惊愕的父母或许动用了强权吧。一九五〇年，我满九岁了。

当时，父亲是 T 大学的教授，前途一片光明。在正式离婚前，两人间似乎发生过不少争执，而那时候日本人也不容易出国。父母渐渐地不再见面，结束了长达十年的婚姻生活。

我了解到父亲有个日本情人，也是在那之后不久。对方是父亲任教大学的事务员，和父亲公然在外过夜。他们离婚后，我和父亲的母亲，也就是奶奶住在一起。那名女性虽然没来过家中，但我又一次被父亲背叛了。

照顾神经质的外国妻子令父亲筋疲力尽，他渴望有个人听他用日语抱怨、治愈疲惫的身心，而这也没什么好责备的。我勉强体验了一把异国的婚姻生活，能够理解父母的感受。

母亲抛弃了丈夫和日本，却没有抛弃女儿。分别之后，我们一直靠书信联系。她每天会寄来自己的近况，我能学会法语读写几乎拜此所赐。

你要照顾好爸爸呀。

她的信总是以这句话结尾。

尽管婚姻生活破裂了，但对母亲来说，父亲始终是她理想中的男性吧。

今天我在事务所遇到了一个男人，跟年轻时的爸爸一模一样。

母亲给我寄来这样的信件，是在一九五一年的二月底。

我还记得，"跟爸爸一模一样的男人"这句话令我莫名地感到不安。

十五年后，第一次见到保罗·戈拉兹德时，我瞬间想起了母亲的话。容貌标致冷峻，沉稳的语气能使人感受到他的知性与素质，绅士的举止则证明了他良好的教养——这一切，都是我父亲梅村洋平所具备的。

感觉有好事即将发生。法国北部的拉博里村里，好像有座跟中世纪城堡一样的老房子，今天，我竟然收到了城堡主人的邀请。那个人

似乎喜欢我！之后会给你寄照片的，敬请期待。

　　这是母亲的最后一封信。日期是一九五一年三月二日，星期五。从此以后，再没有人告诉我母亲的情况了。

　　三个多月后，也就是六月，父亲收到了母亲父母的消息：尼科尔突然失踪，至今下落不明。但就算知道了这件事儿，父亲也无能为力。

　　我决定什么都不告诉父亲。从知道他有情人的那天起，我们之间就有了一堵看不见的玻璃墙。即使告诉他，也指望不了有什么进展，我能依靠的只有自己。总有一天，我会亲自揪出那个男人，把母亲找出来。

　　等到很久以后，我才长大成人，在现实中离母亲的失踪之谜越来越近。

　　*

　　杜邦夫人死后，我与教堂进行了沟通，让她以戈拉兹德家一员的身份下葬。

　　即便不是正式的家人，她也最有资格沉睡在戈拉兹德家的墓地里。而我的建议竟意外获得了赞同。尽管我是罪犯的妻子，可连掘墓人都待我十分亲切。哪怕遭到村民的憎恨、埋怨，戈拉兹德家也依然是村子的中心。我再次深深意识到了这一点。

　　杜邦夫人的脸总让我想起日本的能面——幸好，我没有看到临终时她那张毫无表情、充满怨念的脸。

一九六八年三月十日，星期日，这一天我终生难忘。早上我独自从巴黎回到戈拉兹德宅，在螺旋楼梯的空洞里，我看到的不是平常那个面色苍白、穿着朴素黑衣的她。螺旋的中央，刚好在地上层的高度，杜邦夫人变成了无力的木偶人，全身被纯白的亚麻布裹得严严实实。

白色的亚麻布我不可能看错。那是我们结婚时，保罗在巴黎百货店定制的枕套。戈拉兹德宅的特大号专用枕套，长一百五十厘米，宽六十厘米，为两侧均有开口的筒状枕套。只要从头部套进去，就不用捆绑手脚了。

高档的亚麻制品如水丝滑，又强韧如钢。枕套仿佛为杜邦夫人的三围量身打造一般，紧紧裹住了脂肪层丰厚的肉块，毫无动弹的余地。

衰老的躯体在这样的状态下度过了一整夜，应该没力气大喊大叫了。白色物体似乎知道有人进屋，发出了含糊不清的呻吟。确实是杜邦夫人的声音——可笑的是，她拼死的呼喊只能让我确定那团白色物体真的是杜邦夫人。

这团可怜的东西被放在临时做成的亚麻吊床上，在螺旋的空洞里摇摇晃晃。

枕套上端——杜邦夫人的头部有一根登山绳笔直地向上伸去。绳子被挂在天花板的铁钩上，长度经过了精心的测量，应该在她脖子上捆得牢牢的。

一切都跟商量好的一样。

前一天晚上十点，我准时从巴黎酒店打电话给戈拉兹德宅。

"喂？"

我的声音止不住地颤抖。

"我是让－路易。"

听筒里传来了低沉的声音。

"我这边一切顺利。保罗住院了。"

"我也顺利完成了工作。"

声音一如既往的沉着。

晚上十点准时打电话，这也是我们事先决定好的。

即使有什么阻碍了计划的执行，被杜邦夫人接了电话，我也无须慌张。到时候，只要淡定地告诉她保罗住院的消息就行。而且，也不用担心警察事后调查戈拉兹德宅的通话记录，因为通话记录看不出接电话的人是谁，反而证明前一天的晚上十点，杜邦夫人还活着。让－路易如是主张。

顺利"收工"的让－路易在挂断电话后锁好了大门，悄悄离开了戈拉兹德宅。此刻，他大概在远离拉博里的地方，身边有一群目击证人吧。

*

首先，把定制的特大号床单对折，四角对整齐。

接着，把两对角一对一对地绑在螺旋楼梯的扶手上，稍微隔开点儿距离。为防止绳结松开，把两个角在立柱和扶手的交叉处牢牢打结。

螺旋楼梯空洞的直径约一米，而床单的长宽将近三米，必然会弯垂成袋子状。把人搬到床单上后，临时的亚麻吊床就算大功告成，虽然会有点儿倾斜吧。

最后只要找个时间，按下死刑的开关即可。怎么样？不觉得实际上非常简单吗？

*

让 – 路易的话语在我脑海里苏醒。

没错，我只要按下最后的开关就行了。此前的准备，都由让 – 路易一手包办。

*

三月九日，星期六晚上九点。我会找个借口，去戈拉兹德宅见杜邦夫人。

你们俩在巴黎，女佣们也回家了，没有任何人干扰。如果我过来，她一定会跟平时一样打扮得干净整洁。盘发加浓妆，再穿上黑色的工作服。和早上起床没什么区别。

我们先聊些无关紧要的话题，趁杜邦夫人去厨房泡茶的时候，迅速绕到她身后。此时，我手上正拿着亚麻枕套。没错，就是绣有保罗先生首字母"P"的定制品。

枕套长一百五十厘米，宽六十厘米，很适合用来包住杜邦夫人的身体。话虽如此，一口气罩下去还是长了些，我会事先折短一半。把双层枕套从头上罩下去，她的上半身便会瞬间失去自由。

对手因突然的袭击而手忙脚乱，趁她反击前，我再抓住双层枕套

的外围部分，用力往下拉。这下从头部到膝盖，几乎全身都被筒状布套给裹住了，她的下半身也会失去自由。

如此一来，无论是把杜邦夫人的身体搬上螺旋楼梯，还是用绳子缠住她的脖子，抑或是把她放在亚麻吊床上，一切都变得轻而易举。当然，明眼人都知道，身材娇小的您做不了这些……

我会让杜邦夫人在这样的状态下度过一晚，就是可怜了点儿。期间，她吃的晚餐会被消化掉，胃内变得空空如也。失禁了也没什么，毕竟上吊的人都免不了失禁。

如此，她将迎来三月十日星期日的早晨。

*

让－路易的说明简单明了。而此时此刻，它化为不可动摇的现实呈现在了眼前。我的身体颤抖不止。

然而，现在没空犹豫了。时间会分出胜负。

我从包里拿出剪刀。

剪断扶手上的绳结后，吊床瞬间崩塌，杜邦夫人的身体失去了支撑。裹住全身的枕套上方，有两处被粗绳绑在了楼梯的扶手上。她的身体会穿过圆筒状的枕套，垂直坠入下方的地狱吧。

*

关键在于，您右手使用剪刀时，左手得牢牢抓住床单的打结部分，如此便能防止绳结掉进地下室。

确定杜邦夫人的身体悬挂在空中后，就把床单收起来，再把另一处绳结也摘掉。当然，别忘了回收用完的枕套。

剪刀放进厨房的抽屉里，床单和枕套放进洗衣房的篮子里就行了。要洗的东西装在洗衣篮里很正常。何况，警察也不可能搜查那种地方。

*

我再次想起了让 – 路易的指示。

但是此刻，最后给我力量的并非他的话语。

法国北部的拉博里村里，好像有座跟中世纪城堡一样的老房子，今天，我竟然收到了城堡主人的邀请。

这封信都快被我读烂了，一字一句早已刻在心底。此时，母亲的声音在头脑深处响起，她在向我诉说。

我一直以为母亲是在戈拉兹德宅遇害的，但有一处细节令我发现这是个严重的误会。那便是前妻安东尼娅·戈拉兹德随身携带的珍珠十字架项链。纤细柔软的珍珠一直完好无损，理由只有一个：在那场车祸中身亡的女性并不是安东尼娅，而是我的母亲尼科尔。

母亲没有被邀请到戈拉兹德宅。一位和父亲很像的俊男邀她去英国兜风，她只是高兴得忘乎所以了而已。对方杀死她用来当妻子的替身，并伪装成一起车祸。然而，她并不知道自己是因此被选中的……

之后会给你寄照片的，敬请期待。

母亲的声音在耳畔响起。

妈妈！

我用力握住了剪刀。

*

从教堂墓园回到戈拉兹德宅后，发现大门口停着一辆陌生的白色小车。

车上的人似乎看到了我。我从包里掏出钥匙时，驾驶座的门打开了，一名胖乎乎的中年女性从里面探出头来。

是吉吉。

"让－路易告诉我，您今天要离开拉博里了。"

那样的事件过去才没多久，她脸上却挂着无忧无虑的温柔微笑。

三月的法国北部依然寒冷。吉吉穿着和眼睛颜色一样的浅绿大衣，与前阵子在芃休的"乐卡克"见面时相比，看起来年轻了不少。

"这里冷。咱们进去吧。"

我打开了大门，可下车后的吉吉只是愣愣地凝视着门前的广场。

"我最后一次来这儿，是在一九四四年的秋天，当时法国刚刚解放，这一片是座庭院，那边有个亭子。"

这里如今变成了停车场，以前是花坛吗？

吉吉又杵了一会儿，但进屋之后，她立马睁大了眼睛环顾四周，一脸稀奇的样子，似乎是第一次进来。

"要一起喝咖啡吗？"

我领着她走进厨房。

案件发生后，女佣们就没有来上班了。只有让－路易露面，忙着料理剩余的业务。我不想见到任何人。有让－路易买来的午餐肉、奶酪、面包、水果就够了。

"我来泡吧，太太您坐下。"

吉吉拦住了我，熟练地泡起了咖啡。

宽敞的厨房里，充满了现泡咖啡的醇香和吉吉散发的活力。我们刚在佣人专用的餐桌旁坐下，吉吉就打开了自己带来的硬纸盒，里面塞满了色彩鲜艳的小蛋糕。

"谢谢。看起来很好吃呢。"

这段时间都没吃过蛋糕，我不禁发出了愉快的声音。

"这是卢克做的。除了做菜，他也擅长做甜品。本来是想让您带到火车上吃的。"

吉吉露出了有点儿得意的微笑。

"你们以后打算和让－路易一起经营酒店吗？"

保罗留下遗言，要把死后的终生养老金分给杜邦夫人和让－路易。这笔金额足以过上平凡的生活，但让－路易似乎并不想虚度余生。等解决好戈拉兹德家剩余的业务后，他说要移居到芤休去。

"让－路易曾经救过我一命。"

吉吉点点头，静静地开始了讲述。

表情虽然克制，但从中能看出她坚定的意志。

"我在拉博里长大。生于农民家庭，父母兄弟都是平平凡凡的法国人。所以，如果没有那场战争，我肯定就在这村子里度过一生了。

"然而战争开始了，法国败给了德国，德军连这种小村庄也没放过。您可能无法想象，当时真的很悲惨。不管他们如何嚣张，我们法国人也只能默不作声地看着。其中也有人投身于地下运动，可大多数人还是害怕告密，假装什么都不知道。我也讨厌纳粹，但德军里面有个叫戴德利的人。"

戴德利？难道吉吉跟德军……

"戴德利彬彬有礼，比我身边的法国男人纯真多了。初次遇见他的时候，我才十九岁。我没有被特权迷昏了头脑，跟其他内奸不一样，我只是单纯地爱他。我的亲朋好友们，也没有一个讨厌戴德利的。然而，当法国解放、德国人被赶走后，大家就立刻责怪起我来。说我是德国人的妓女……我们本打算等战争结束后就结婚的。"

"当时的事情，我在书上也看过。"

听到我的话，吉吉皱起了眉头。

"跟德国人有来往的女性被拖到公众面前剃光头，您见过这样的照片吧？没错。那就是当时的我了。没有一个人来帮我。男的女的都指着我的脑袋嘲笑我。也是我自作自受吧。但那样还不算完。您知道后来发生了什么吗？在我哭着走回家的时候，竟有七八名年轻男子在半路上埋伏着等我……他们是戈拉兹德家的下人，其中也有我眼熟的人。

"当时，为了给被纳粹处刑的儿子们报仇，埃德蒙·戈拉兹德老爷命令手下的男丁找出内奸。村里杀气腾腾。除了埃德蒙老爷，也有其他村民在抵抗运动中失去了丈夫、儿子，因此没有人出面阻止。确实有人加入了纳粹，尝到了甜头。但有的人只是跟德国人关系好而已，却被他们杀来解恨。"

她语气激动，仿佛已经忘记了我的存在。

"那群人把我拽到了戈拉兹德宅前。您刚才看到了吧？他们把我推进庭院深处的亭子里，准备轮奸我。完事后只要杀了我再扔进地下室就行了。毕竟里面堆满了其他被私刑处死的尸体。无论是警察、军人还是村公所，大家都假装视而不见。"

也许是当时的恐惧再度来袭，吉吉表情扭曲，她捂住丰满的胸脯，痛苦地吸了口气。

我都不忍去问接下来发生了什么。

"但就在此时，让－路易来救我了。他也是戈拉兹德家佃农的儿子。虽然是他们的同伙，却跟那群畜生有着天壤之别。让－路易举起猎枪，说'快停下！不然我开枪了！'"

"你因此而得救了？"

我不禁松了口气。

吉吉缓缓地点了点头。然而，她瞪大的双眼依然充满了紧张。

她用干涩的声音继续讲道：

"但试图制服我的两个人仍旧没有住手，他们被子弹近距离射中了脑袋。剩下的人见状后四散而逃——那种人都该死！"

漫长的沉默降临了。

恶灵的笑声回荡在寂静的房子里。气氛安静得毛骨悚然，以至于我产生了这样的错觉。

逼着我和让－路易杀人的恶灵，就栖息在这座房子里。连原本天真烂漫的吉吉也露出了疯狂的眼神，一股寒意涌上心头。

"你有这样的想法，也是情有可原。"

我好不容易才挤出了这句话。

"不好意思，是我激动了……"

吉吉突然清醒了过来，连忙向我道歉。

她是在后悔不小心激动地说出了真心话吗？

"没事儿。我既不是地主，也不是你的雇主，你不必道歉。"

听到我的话，吉吉露出了拘谨的笑容。

微笑的深处，可隐约窥见那个与敌国士兵坠入爱河的天真少女的影子。

吉吉又缓缓地讲述了起来：

"让－路易开枪打死了手无寸铁的同伴，其实应该被杀掉的。即使幸免于同伴间的私刑，他也定会被警察抓走。那样一来，判他死刑也理所应当。不过，埃德蒙老爷救下了他。让－路易是杜邦夫人的亲戚，可能也有这个因素吧，但埃德蒙老爷是个公正的人，他说用暴力侵犯女性的人死有余辜，禁止一切报复行为。然后，让－路易被雇用为戈拉兹德家的男佣。如此这般，警察也就无法插手了。在当时，戈拉兹德家的权力之大是今天无法想象的。

"只是，我也说不清这样到底好不好……自那以后，让－路易就成了戈拉兹德家的奴隶。薪水当然不差，他很感激埃德蒙老爷，但却失去了自由。在埃德蒙老爷去世、保罗先生成为当家后，情况依然没有变化。与举止大胆、宽宏大量的埃德蒙老爷不同，保罗先生是个绅士，内心认为男佣跟虫子没什么两样。虽然没有追究杀人的罪行，但是让－路易一直被人抓着把柄，在戈拉兹德宅里关到了这把岁数。"

吉吉的声音再次激动起来。

让－路易憎恨保罗——在话题转向微妙的方向前，我最好把它拉回来。

"那你后来怎么样了呢？"

我漫不经心地转移话题，吉吉的表情这才柔和了下来。

"让－路易推荐我在芃休找工作，说自己的发小卢克在那边。卢克跟他一个年纪，两人关系一直不错。"

"然后你喜欢上了卢克？"

吉吉点了点头。

"我能有现在，都要感谢让－路易。如果没有他，就算当时我没被杀死，我也不觉得自己能活下去。所以，哪怕……"吉吉眼眸低垂，"哪怕他真的杀死了杜邦夫人，我们也站在他那边。"

她的话语如刀刃般刺向了我。

"可那是……"

自杀吧？我把话咽了回去。

这时候应该说什么才好？

吉吉静静地拉开椅子，站起身来。

"让－路易和去世的安东尼娅太太彼此相爱。保罗先生对她很好，但她明白丈夫并非真心爱着自己。我不知道保罗先生有没有发现两人的关系。但这十七年来，让－路易一直怀疑那场突如其来的车祸是自己的错。"

吉吉从胸前的口袋里取出一张照片，默默地递给了我。

照片上有四名幸福的男女。卢克和吉吉苗条而年轻，差点看不出是本人。让－路易眼神锐利，面容精悍，身边站着一位笑靥如花的可爱女性，想必她就是安东尼娅吧。

那瘦得可怜的身躯既像我的母亲尼科尔，也有些像我。

"保罗先生回到拉博里后，我不知道这座房子里发生了什么。但得知您是让－路易的同伴后，我们心里特别踏实。幸好新的戈拉兹德夫人跟以前的太太一样。我来这里，就是想对您说这句话。"

吉吉的手温暖而柔软。

我应该再也不会见到她了吧。

走出大门，头顶上是暌违已久的晴空。风依旧吹个不停，吉吉的小型旧雷诺摇摇晃晃地驶下山丘。

下方的拉博里村安静而祥和，从这个高度放眼望去，村民比虫子还小，根本看不清他们的生活。今天也是我最后一次站在这里了。

我吁了一口气。

*

下午一点半，让 - 路易差不多要来接我了。

行李都已整理完毕，放在了门厅里。我要带回巴黎的，只有衣物和少许随身物品。从明天开始，我不再需要过去。

最后，我再一次窥视螺旋之底。

潘多拉之盒被打开了，恶灵和怨念四处飞散，冥府已是空空如也，只有潮湿的、充满灰尘的地下空气从里面升起。

回到巴黎，有萨姆森在等我。

知性、开朗又温柔的大叔——萨姆森·菲利普既是保罗的朋友兼律师，也是我母亲尼科尔的表弟。

五年前，在日本大学毕业后，父亲信守以前的承诺同意我去法国留学。当时他已再婚，我有了年幼的弟弟和妹妹。再婚对象并不是那个大学里的事务员，而是个差点错过婚期的千金小姐，更适合叫她姐姐。抚养我的奶奶也离开了人世。可以说，我离开日本的理由越来越充分了。

抵达巴黎后，我决定先去投靠萨姆森·菲利普。萨姆森单身，一个人住在舒适的公寓里，徒步就能走到事务所。尽管我的外公外婆尚在人世，但外公早已辞去外交官的工作，在故乡波尔多过着退休生活。客房原本为萨姆森隐居在波尔多的母亲准备，这下立刻变成了我的房间。

不过，我会投靠萨姆森，不单是因为对异国他乡的独居生活感到

不安，更因为我母亲尼科尔在失踪前不久，还在萨姆森·菲利普的法律事务所当秘书。

感觉有好事即将发生。法国北部的拉博里村里，好像有座跟中世纪城堡一样的老房子，今天，我竟然收到了城堡主人的邀请。那个人似乎喜欢我！之后会给你寄照片的，敬请期待。

母亲寄来的最后一封信，日期是一九五一年三月二日，星期五。这是我保管至今的宝物，没有给任何人看过。而离她最近的萨姆森，能否解开字面的意义呢？我果然没有猜错。

读完信后，萨姆森仰天愕然了片刻。

"保罗·戈拉兹德！"

苍白的嘴唇颤抖不止。

既是表姐又是秘书的女性突然失踪，萨姆森自然受到了沉重的打击。他用尽一切办法去搜寻她的踪迹，当时，他认为这并非意外事故也是有原因的。

三月二日星期五的早上，母亲向萨姆森申请上午回家，说是有急事。

"尼科尔兴高采烈的，看起来就很激动。她和你父亲结婚的时候也是这个样子，总之是个热情且有行动力的女性。我只好认为，她又遇到了喜欢的男人。"

萨姆森的直觉对了。

　　然而，恋爱不一定是安全的。几周过后，萨姆森和身在波尔多的双亲一直没有收到尼科尔的联络，这才令他意识到事态的严重性。

　　那天早晨，在萨姆森上班前，母亲肯定在事务所里接到了保罗的邀请电话。她欢天喜地地从事务所早退，坐上了火车，打算在拉博里度过周末——这是当时我和萨姆森的结论。

　　在母亲所住的公寓里，也有居民亲眼看到她花枝招展地拎着小箱子出了门。

　　"但说实在的，当时我压根儿想不到保罗·戈拉兹德会看上尼科尔。他是个绅士，知道尼科尔是我的表姐，所以才对她那么亲切。不过，尼科尔比我和保罗大五岁。当年的保罗要追哪个女人都不在话下，大可不必选我的事务员当情人啊。"

　　据萨姆森说，保罗和母亲在十多天前第一次见面。那天，保罗有急事来到了萨姆森的事务所。不仅如此，保罗还认为妻子安东尼娅不忠诚，委托萨姆森调查谁是情人。

　　在拉博里，保罗夫妇与尼科尔之间究竟发生了什么？想到三月三日星期六发生的那起车祸，前一天晚上肯定发生了什么重大事件。比如，尼科尔在戈拉兹德宅惨遭杀害——我们得出这样的结论也是理所当然。

　　当然，现在我知道真相了。那天，母亲没有去拉博里。她是出发去了法国北部的加来，那里有海港，以便在星期六的早晨与横渡多佛尔海峡的保罗会合。我们误解了母亲的信，犯下了极大的错误。

　　当时的我们对此一无所知，为证实假设而立即展开了调查。没过

多久，萨姆森委托的调查事务所便发来了报告，内容是关于战争末期发生在拉博里的内奸肃清事件，以及围绕戈拉兹德宅神秘地下墓穴的"传言"。

我的母亲尼科尔早已化为尸骨，被关在了戈拉兹德宅幽深的地下室，对此我们深信不疑。

然而，关键人物保罗·戈拉兹德因车祸后遗症而患上了精神障碍，至今一直被囚禁在巴黎的精神病院里，似乎没有恢复的希望。另一方面，在当家离开的期间，拉博里的戈拉兹德宅仍由佣人管理得井然有序，显然没有第三者插足的余地。难道就没有打破现状的方法了？幸好，我在日本的大学学过心理学。在法国拿到心理医生的资格，然后在萨姆森的介绍下接近保罗——哪怕得多花点儿时间，这也是最稳妥的做法吧？冥思苦想后，我们得出了这样的结论。

萨姆森大概在责怪自己没能拯救尼科尔吧。从烦冗的手续到寻找住宿，他帮我搞定了一切事情。而在这个过程中，我们爱上彼此也无可厚非。

*

在我坐上一等车的包厢前，让-路易一直帮我拎着行李。午后的拉博里站冷冷清清，也没人来盘问千古罪人的妻子为何远行。

火车开动的一刹那，我们无意中隔窗相望。

让-路易·莱斯库尔，我的共犯——那天早晨以后，我们再也没聊起过案件。恐怕今后，我们也不会谈起那桩案件的真相。

火车抵达巴黎北站后，我会在接站的人潮中找到萨姆森·菲利普，把脸埋进他厚实的胸膛里。前来接我的萨姆森，声音温暖而深情。但我知道，今后等待我的，并不是与他相伴的幸福生活。

去年，我告诉萨姆森自己决定同保罗结婚。他用一反常态的激烈语气表示反对。

"不管是不是真正的夫妻生活，结婚就是结婚，和单纯的做朋友不同。你不应该把结婚当作策略，因为那是对神圣上帝的誓约啊。"

萨姆森是个正直、有常识的人。无论情况如何，他都不会允许杀人。

"求你了，彩子！千万不要有亲手复仇的念头。你的任务只是搜查，后面的事情我们再仔细考虑。"

面对不情愿的萨姆森，我答应他自己绝不会莽撞，并得到了他的帮助。

而违背诺言的我，没资格幻想安稳的未来。

忽然间，我想起了与保罗最后的对话。

"亲爱的，你听了别太吃惊。出大事了。今天早上我一回到拉博里，就发现杜邦夫人上吊了。对，在螺旋楼梯的正中央。绳子挂在天花板的铁钩上，身体悬在地下室的底部——没错，是我报的警。刚才警察弄破了门，闯进了地下室。"

保罗在医院的电话前沉默了。也难怪。

不过，他说出的话语却意外的冷静。

"那杜邦夫人死了？"

"不知道……警察就是去地下室调查这件事的。"

"让－路易在吗？"

"不在。我准备联系他的。我到这里的时候，屋内一个人都没有。"

我似乎听到了一声深深的叹息。

"这样啊……一切都结束了。"

他接下来的话语更是出乎我的意料。

"我做了对不起你的事儿。但亲爱的，希望你相信我，我是爱你的。"

保罗最后为什么要说这样的话？即使这个问题怎么也想不出答案，我也在反复琢磨。

火车渐渐减速，驶入巴黎北站。

我在法国已经没有任何要做的事情了。

待火车完全停稳后，我缓缓站起身来。

Original Japanese title: RASEN NO SOKO
© Akiko Miki 2013
Original Japanese edition published by Hara-Shobo Co., Ltd.
Simplified Chinese translation rights arranged with Hara-Shobo Co., Ltd.
through The EnglishAgency (Japan) Ltd. and AMANN CO., LTD., Taipei

图书在版编目（CIP）数据

螺旋之底 / (日) 深木章子著；谢鹰译 . -- 北京：
台海出版社，2021.1
　ISBN 978-7-5168-2517-4

　Ⅰ . ①螺… Ⅱ . ①深… ②谢… Ⅲ . ①长篇小说 - 日
本 - 现代 Ⅳ . ① I313.45

中国版本图书馆 CIP 数据核字 (2020) 第 226456 号

版权合同登记号　图字：01-2020-6536

螺旋之底

著　者：[日]深木章子　　　　　　译　者：谢　鹰

出版人：蔡　旭　　　　　　　　　封面设计：李宗男
责任编辑：员晓博

出版发行：台海出版社
地　　址：北京市东城区景山东街 20 号　　邮政编码：100009
电　　话：010-64041652（发行、邮购）
传　　真：010-84045799（总编室）
网　　址：www.taimeng.org.cn/thcbs/default.htm
E - mail：thcbs@126.com

经　　销：全国各地新华书店
印　　刷：嘉业印刷（天津）有限公司
本书如有破损、缺页、装订错误，请与本社联系调换

开　　本：880 毫米 ×1230 毫米　　　　1/32
字　　数：185 千字　　　　　　　　　印　　张：7.5
版　　次：2021 年 1 月第 1 版　　　　 印　　次：2021 年 1 月第 1 次印刷
书　　号：ISBN 978-7-5168-2517-4

定　　价：56.00 元